辺境伯様は聖女の妹ではなく薬師の私をご所望です

Characters
人物紹介
シュラウド
若き辺境伯。
魔獣に襲われる領地を
救うため聖女を探しに
来たが、リーシャを
連れ帰る。
リーシャ
元・クランリッヒ
伯爵家の令嬢。聖女にしか
作れないはずの秘薬を
創り出すことに
成功した。
クロ
リーシャのそばを
離れない
不思議な猫。

ライオス
リーシャとマディソンの父。ただ、聖女であるマディソンだけを溺愛している。
ミレイユ
リーシャとマディソンの母。秘薬の研究をしていた。沢山の秘密を抱えていて――?
ケインズ
レーウィン王国の第一王子。野心家。
マディソン
リーシャの妹で、『聖女』。姉に対して、歪んだ対抗心を抱く。

プロローグ

きらびやかな装飾に彩られた広間。いつもなら自己の富を見せつけるための自慢話が飛び交う場だが、今日だけは誰も話さずにとある一点を見つめている。

私も同じくだ。

傷口を押さえる青年の隣に立つ、プラチナブロンドの髪をなびかせて純白のドレスに身を包んだ令嬢、マディソン。彼女にこの場全ての視線が注がれている。

何を隠そう、マディソンは私の妹だ。傍らには父も一緒に立っている。

周囲が固唾《かたず》を呑んで見守る中、彼女は祈りを込めるように目を閉じて、細かな装飾の入った小瓶を抱きしめる。

そしてしばらくの沈黙の後、マディソンは目を開くと青年の傷口に液体をかけた。

その瞬間、先程まで血が滴っていた傷口が瞬く間に消えてしまった。

周囲の貴族達から割れんばかりの拍手と賛辞の言葉が彼女に降り注ぐ。

マディソンは隅で立ち尽くしていた私にわざわざ視線を合わせてから……この上なく美しい笑みを浮かべた。それが嘲笑にしか見えなかったのは私の気のせいではないだろう。

私の妹は特別だ。

無口で表情を上手く出せない私と違い、いつも愛想がよくて大人達から愛されている。

何より彼女は私にはない力、人を癒す力をその身に宿している。

その力は祈りによって怪我や病気を治すだけでなく、ただの水に祈りを込めることで万病を治す奇跡の秘薬、ポーションを生み出せるのだ。

マディソンのような力を持つ者は『聖女』と呼ばれている。世界に数人しかいない稀有な存在で、まさに神からの贈り物のような力を持っていると大人が彼女を褒め称える一方で、私はまるで存在すらしないように扱われてきた。

大人たちは、愛嬌がなく笑顔を浮かべることも、泣くこともない私のことを『人形』と呼ぶ。

マディソンは特別で、私よりもたくさんの人に愛されている。

反対に私には力もなく、感情すら上手く出せない。だから周囲が私を虐《しいた》げるのも仕方ない。

——そう思っていた。

第一章　愛された聖女と虐《しいた》げられた人形

朝起きてすぐ一階に降りようとして、会いたくない顔に出会ってしまう。

やってしまった、マディソンが今日は早起きみたいだ。

「あら？　リーシャお姉様、今日も相変わらず辛気臭くて気持ち悪いですね」

黙って階段前の廊下の端に寄って頭を下げると、マディソンはクスクスと笑って私に歩み寄った。

父に似たプラチナブロンドの髪が、窓から差し込む朝日に照らされてキラキラと輝いている。

蒼の瞳は彼女の美貌をさらに際立たせている。しかし次の瞬間、マディソンはその美しい顔を醜悪に歪めた。

「はぁ……朝から気分が悪い。聖女である妹をもう少し大切にしてくれない？　お姉様の顔を見ているとイライラするから見えない所にいてよ」

「ごめんなさい……」

「相変わらず無表情で何を考えているのか分からないわね、髪色も気味悪いし」

次々と飛んでくる棘《とげ》のある言葉に俯《うつむ》くことしかできない。

マディソンは私を嫌っている。

髪も、きっと十年前に亡くなったお母様と同じ髪色であることが気に食わないのだろう。

私の髪が一部色を失っていることも嫌悪に拍車をかけているようだ。

それでも昔は、普通の姉妹として私たちは生きてきたはずだった。貴族らしからぬお母様と一緒に外で遊ぶこともあったし、抱きしめ合うこともあった。

でも、お母様が亡くなってからしばらくして、マディソンは汚物を扱うように私を忌み嫌うようになった。どうしてなのかは分からない。初めは抵抗して、元の姉妹に戻れないかと頑張ったけれど無理だった。今は諦めてしまって、そのままの日々が続いている。

嵐が過ぎ去るのを待つように頭を下げ続けていると、「あら？」と妙に弾む声が上がる。

嫌な予感に顔を上げると、マディソンはにんまりと口元を歪めていた。

「――その髪留め綺麗ね？」

「っ⁉」

慌てて髪につけていた髪留めを手で隠す。

やってしまった。

見つからないように寝る前にしかつけていなかったのに、今日に限って外すのを忘れてしまった。

私が慌てるのを見て、マディソンはさらに表情を醜《みにく》い笑みに変えて私に詰め寄ってくる。

「それ、ちょうだいよ」

「だ、だめ……」

これだけは渡したくない。

これは亡くなってしまったお母様が私にくれた髪留めで、真ん中に配置された翡翠《ひすい》が私の瞳に似ていると言ってくれた大切なものだから。

久しぶりに彼女の要求を断った。

しかしそれがよくなかったようだ。

マディソンは怒りに目をぎらつかせると髪留めに向かって手を伸ばす。

「生意気よ‼　口応えなんてしていいと思ってるの？」

「っ、いたい……っ！」

髪を強く引っ張られると、痛みについ手が緩んで髪留めを取られてしまう。

必死に手を伸ばすけど、その手は届かなかった。

「やめて……、返して!!　お願い!!」

叫んでもマディソンは聞く耳さえ持たず、笑いながら私を階段へ突き飛ばした。

「生意気なお姉様なんていらないわよ！」

私の足は一歩、二歩とよろけて、何もない空間を踏んだ。急に体が浮いて、無様に手を空に伸ばすけれど手を取ってくれる人間なんて誰もいない。

「あっ……」

あまりに突然なことに、反応する前に身体が転がり落ちていく。

ついで身体中に衝撃が走り、ひぃ、ひぃ、と荒い息が喉から漏れる。私の身体が当たったせいか、階段横の棚からいくつかの重みが上から降り注いで、さらに身を縮める。

「あら？　死んでない？　つまんないの」

そんな私を横目にマディソンは髪留めを自分の髪に取り付けると、にこやかな笑みを浮かべて去っていった。その背中を見つめるも、身体が痛すぎて声すら出せない。

そのままじっとしていると、別の足音が鼓膜を揺らした。

「リーシャ」

「お父様……」

顔を上げると父——ライオスがいた。

ライオスは痛がる私の顔を覗き込むと「はぁ……」とため息をつく。

「朝から散らかすな、片付けておけ」

「はい……」

何も期待などしていなかったけれど、この惨状を見て出てきた言葉がそれだけということに、重かった身体がさらに重く感じる。なんとか両手を支えに身体を起こすと、ライオスは汚らわしいものでも見るように私を一瞥してから階段を上がり、マディソンを抱きかかえて下りてきた。

「もう、お父様ったら」

「聖女であるお前を歩かせるわけにはいかないだろう？」

そんな幸せそうな声を聞きながら、私は痛みに耐えて立ち上がった。

父は私を愛していない。

クランリッヒ伯爵家には貴族として目立った功績は何もない。先祖から領地を引き継ぎ、貴族という立場を持っているだけだ。そんな家系に降って湧いた『聖女』なんて存在を父が大切にしない訳がない。

元から私へあまり興味を見せなかった父だけど、お母様の死後に聖女として目覚めたマディソンへ注ぐ愛の代償に、私への愛は完全に消え去っていた。

私は十年の長い月日を愛情とは無縁の生活を送り、いつしか感情を上手く表現できなくなった。じんじんと痛む後頭部に手を当てると、痛みと共に手に血が付いた。そんな状態ですら泣くこともできない『人形』だ。

亡きお母様だけが私を愛してくれていたからこそ、あの髪留めだけは手放したくなかった。

「なんで……忘れるのよ、私」

いつもなら髪留めは自室の中だけで身につけていたのに、私の馬鹿……なんで今日に限って外すのを忘れたの？

後悔してももう遅い。今までマディソンに取られた物が返ってきたことはない。

深くため息をついてから、ぐっと体に力を入れる。それでも気分が最悪にはならなかったのは、とある理由があるからだ。

私は体を反転させると、階段を上って自室へと戻る。

そして自室の寝台の下から、緑色にきらめく液体が入った瓶を取り出した。

瓶の栓を抜いて中身を一気に飲み干す。すると先程まで感じていた痛みや身体にできたアザ、後頭部の痛みがみるみるうちに消えていく。

「完成していてよかった」

そう、これはマディソンもライオスも知らない秘密。

——お母様と、私が完成させたポーションだ。

痛みが引いて、ほうっと体の力が抜けると同時に自室の窓から空を見つめた。雲一つない空の何処《どこ》にも求める姿がないことにため息をつく。

お母様は、私が幼い時によく『困った時は、銀龍さんに会いに行きなさい。あなたを助けてくれるから』と言っていた。龍なんて存在は母からしか聞いたことがないし、この世にいるとは到底思えない。もしいたとしても私なんかを助けてくれるはずがない。

それでも、亡きお母様を思い出し、いまだに空を見る癖が抜けていない。

そんな弱い自分が嫌になる。

「お母様……」

私のお母様は薬師として、様々な研究をしていた。中でも聖女しか生み出せないとされ、いかなる病や怪我をも治す秘薬――ポーションを、薬草の知識から作り出そうと考えていたのだ。

そして生み出したポーションを無償で提供し、誰も病や怪我に苦しむことのない世界を作ろうとしていた。そんな荒唐無稽な夢を母は本気で抱いていたのだ。

だけど、お母様は病で道半ばにして亡くなり、ポーションの研究を私に託した。

正直に言って、私は母の夢など叶うはずがないと思っている。

ポーションは王家さえ数える程しか所有しておらず、非常に高価だ。

薬学でポーションを作れたとなれば、製法を巡って争いや新たな貧富の差ができるだけだ。

それでも託された夢を繋ぐぐらいしか私には生きる理由がなかった。死ぬ勇気すらなかった私には、お母様の夢を追うことぐらいしかできなかったのだ。

幸か不幸か、傷のできやすい生活のおかげで実験もしやすく、お母様が亡くなってからの十年をかけて私はポーションを完成させた。

「苦労したけど……ここまで出来た」

完成しても達成感はなく、むしろ虚しい。

私は大した人間ではない。ただ縋《すが》るようにポーションの完成を目標にしていただけだ。

そして……完成してしまった今、私の生きる目標は潰《つい》えたと言ってもいい。

十年をかけて完成したこの薬が日の目を浴びることはないだろう。ただマディソンやライオスによる暴行の傷をひそかに癒すためだけに使われるなんて……気高いお母様が聞いたらなんて言うだろう。

でも、ポーションの存在をライオスとマディソンに知られて利用されるのはまっぴらだった。

だから、これでいい。このままずっと誰にも見つからないでいい。

私はこのまま、完成したポーションの製法と共に消えていくだけだ。

ぼうっとしていると「ニャー」と間の抜けた声が聞こえる。

窓際を見ると、唯一の友達である黒猫のクロが鳴いていた。慌てて窓を開けると、クロがぴょんと部屋の中に入ってくる。

「だめだよ、部屋まで来たら」

そう言いながらも、ふわふわの頭を擦り寄せられるとつい微笑んでしまう。

「ナーン」

「もう……」

クロの頭を撫でると、ゴロゴロと喉を鳴らして甘えてくれた。

この子とは屋敷の庭で出会った。こっそりと裏庭に薬草の畑を作っている時に、フラフラとやって来たのだ。それから食事を分けてあげるうちにいつしか私の元へ来るようになった。

マディソン達に見つかればどうなるか分からないから追い払った時もあったが、いつも戻ってきてしまう。出会った日から私と付かず離れずの距離を保っている不思議な猫だ。

今だって、大丈夫？　と言わんばかりにクロは私の手に触れている。

「今日も痛かったけど、ポーションが完成したから大丈夫だったよ」

「ニャー？」

「うん、クロが怪我をしてもこの薬で治してあげるね」

「ニャン」

まるで言葉が分かっているような様子に、またわずかに胸が温かくなる。クロは賢くていい子だ。

その時だ。

「お姉様!!　お姉様!!」

階下からマディソンの声が聞こえた。

私は慌ててポーションの瓶を隠し、クロへ視線を向ける。

しかし、いつもならすぐ身を隠してくれるクロは「ニャーン」と鳴いてその場を動かなかった。

「だめ！　クロ、隠れて！」

叫びも虚しく、ガチャリと扉が開いてマディソンが入ってくる。

「お姉様？　今日は大切なお客様がいらっしゃるの。早く階段下を掃除してくださらな――」

マディソンの目が見開かれる。それから彼女はクロを見つめて卑しい笑みを浮かべた。

「これ、今日からマディソンのものね？　お姉様」

「クロは物なんかじゃ……！」

思わず庇うようにクロの前に出ると、パシン！　と軽い音が響いた。じんじんとした痛みが遅れてやってくる。

「うるさい!!　口答えしないでよね!!　クロ？　変な名前……この猫は今から私の!!」

マディソンは私を押しのけてクロへ手を伸ばすと、強引に足を掴み、嫌がるクロを抱き寄せる。

当然クロは爪を立てて引っかき、マディソンの腕に赤い筋を作った。

腕から血が流れたと同時に、マディソンの顔が怒りで歪む。

「こ、このクソ猫!!」

「やめて！」

振り払われた拍子にクロが窓から落ちる。

――慌てて手を伸ばすが届かない。叫ぶ私にマディソンは歪んだ笑みを浮かべ、馬鹿にするような視線を向けた。

「お姉様が悪いのよ。躾ができてないからでしょう？」

「あ……あぁぁぁ!!　クロ!!」

「大事なものをなくしても涙一つ浮かべないのね。ほんっと気持ち悪い！」

そう捨て台詞を吐いて、マディソンが去っていく。

私は走って庭先に落ちたクロの元へ向かった。

運悪く何処《どこ》かにぶつけて着地が上手くできなかったのか、クロの身体からは血が流れている。

ぐったりとしている鼻先に手を当てると、まだ辛《かろ》うじて息をしているがあまりにもか細い。

「ごめん、ごめんね……クロ……」

「……ニィ」

答えてくれようとするクロを謝りながら抱き上げる。

胸の中ではぐるぐるとマディソンへの怒りと、自分への不甲斐なさとが暴れまわっているのに、涙一つすら出てこない。やっぱり私はいつからか人形のようになってしまったのだ。

でも今はそんなことを考えている場合じゃない。

早く、部屋に戻ってポーションを……！

そう思って顔を上げた時だった。

「どうかしたのか？」

そこにいたのは背の高い男性だった。整った顔立ちに私と同じ翡翠《ひすい》の瞳、ネイビーブルーの髪色。

この屋敷では見たことがない男性だったが、素性を聞いている余裕なんてない。

頭を下げてその場を去ろうとすると、彼は私が抱いているクロへと視線を注いだ。

「大きな音が聞こえたが、この子は……」

「っ、すみません……！」

大事なお客様が来るとマディソンが言っていたことがふと頭をよぎる。地位が高い方かもしれない男性の相手をせずに立ち去っていいか分からなかったが、とにもかくにも今は時間が惜しい。

振り払うように背を向けると、彼に肩を掴まれた。

「待て。せめて……これを」

振り向くと、彼は胸元からハンカチを取り出して、クロの痛々しい体を見えないように覆ってくれる。綺麗な刺繍がされており、見ただけで高価だと分かる品だ。

「すまない、出来ることはこれぐらいだ」

「ありがとうございます。充分です」

「本当に大丈夫か？」

「はい、申し訳ありません……大丈夫です」

男性の心配する声にクロを抱きながら頷く。

苦しそうに呼吸をしているクロを見ているだけでも辛《つら》い。

私はクロの傷口を押さえて再び彼に頭を下げた。

「この屋敷の玄関はあちらです、もしご用件があればそちらへ……」

「あ、あぁ……しかし」

「大丈夫です、失礼いたしました……！」

男性の視線を感じつつも屋敷の裏口へ回って自室へと駆け上がる。

幸い、マディソンからの邪魔は入らなかった。

髪を後ろでくくり、寝台の下に隠していたポーションを取り出す。

「クロ。……絶対に助けるからね」

「ニ……ニ……」

呼びかけると、クロはわずかに鳴き声を上げ、苦しそうにもがきながらも立ち上がった。

「ニャー……」

目も開かなくなる程に傷ついているのに、クロは大丈夫だと伝えるように小さく鳴き、私の頬をチロリと舐めた。ただ……まだ血は止まっていない。

――クロが怪我してもこの薬で治してあげる。

自分の言った言葉を思い出す。この子が諦めていないのなら、私が諦めるわけにはいかない。

ポーションは人間用で濃度も高い。いきなりクロに使うのは身体にどんな影響があるか分からない。

希釈しよう。水で薄めて少しずつ様子を見るしかない。

そう決めて、木のコップに注いだポーションに机に置かれた水差しから水を混ぜ、薄めてから、ゆっくりとクロの口元へ運ぶ。

「お願い……苦いけど飲んで」

指先で口を開けて、匙《さじ》で掬《すく》ったポーションをゆっくり流していく。

するとごくりとクロが飲み込む音が聞こえた。同時にきらきらと光がクロの毛並みに走る。怪我の様子を見ると、わずかにだが治っている。もう少し濃くても問題なさそうだ。

少しずつポーションの濃度を高めて飲ませていく。

「ごめん、辛《つら》いよね……もう少しだけ我慢して」

数回に分けて飲んでもらったところで傷口は塞がったようだ。苦しそうな呼吸が、だんだんと落ち着いたものになり、クロの金色の瞳がちかちかと瞬《またた》く。

「ナーン！」

「よ……よかった……！」

元気な声で鳴いた姿を見て、ほっと胸を撫でおろした。

動物にも効果はあると思っていたけど、まさかここまでとは。

「ゴロロ」

喉を鳴らして擦り寄るクロの頭を撫でる。容態も問題なさそうだ。

「よかったぁ……心配したよ」

「ニャ〜〜ン」

とりあえず、最悪の展開は免れた。

辛《つら》い思いをさせてしまったクロのためにも何かご飯を用意してあげよう。

「待っていてね、ご飯を持ってくるから」

クロの頭を撫でてから部屋を出て、階段を下りていくと何やら玄関から声がする。

慌てて廊下の隅で息を潜めると、ライオスとマディソンが誰かを迎えているようだった。

「ようこそおいでくださいました、リオネス辺境伯様!!」

「辺境伯様が来てくださるなんて嬉しいですわ！」

その言葉が気になり、そっと壁から顔を覗かせる。

やはりと言うべきか、二人が頭を下げていたのは先程の男性だった。

改めて見ても大きな男性だ。隣に立ったら私の頭が彼の胸に届くか分からないほど高い背に、鋭く引き締まった顔立ちと新緑の瞳。服装も私たちの住む領地では見られない上質な生地を用いていて、かなり高位な方だと分かる。

マディソンはそんな彼を見て、明らかにうっとりとしていた。

しかし、マディソンたちを見つめる男性の視線は冷たい。彼は二人の歓待を避けるようにすっと身をかわすと、丁寧に胸に手を当てて騎士の礼をした。

「ライオス伯爵……本日は無理を言ってすまない」

「いえいえ、まさかリオネス辺境伯様が我が娘に興味があるなんて！」

「あぁ……聖女と呼ばれている者に会ってみたくてね」

マディソンはその言葉に目を輝かせてカーテシーをした。

「初めましてシュラウド様……私はこの国から聖女の称号をいただいたマディソンと申します」

「――君が？」

「そうです!!　マディソンは聖女として人々を癒し、ポーションで怪我を治せるのです!!」

自慢げに胸を張る二人に、リオネス辺境伯はまるで猛禽類のような鋭い視線を向けた。

その視線にマディソンは自分に気があると思ったのか、頬を赤く染めて彼を見つめたが、リオネス辺境伯はすうっと目を細めて呟いた。

「その腕の傷は？」

マディソンの視線が自らの腕に行く。自慢のレースの下に覗いていたのは痛々しい赤い筋――

さっき、クロに引っかかれた傷だ。

マディソンはそれを慌てて隠すと、笑みを取り繕った。

「こ、これは性悪な猫がいましたので……安心してください、しっかりと躾《しつ》けておきましたから」

「猫……」

「そんなことはどうでもいいではありませんか！　シュラウド様、本題に移ってくださいませ」

「と、言うと？」

「分かっていますわ……私をお嫁に迎えに来てくださったのでしょう？」

マディソンの言葉にリオネス辺境伯は一瞬呆気に取られたような表情になってから、彼女を冷たく見下ろした。見るだけでゾッとするほど冷徹な視線なのに、視線を向けられた本人は気付いていないようで、頬を赤くしたままもじもじと恥じらった仕草を見せている。

リオネス辺境伯はため息をつくと首を振った。

「いや、そんなつもりはない……それよりも確認しておかねばならぬことが出来たようだ」

そう言うが早いか、彼は絡みつくマディソンを引きはがしたかと思うと、腰に差していた短剣で、そのまま自身の手のひらを貫いた。

「きゃあああ!!」

「な、何をしておられるのですか!?」

慌てて叫ぶマディソンとライオスに、リオネス辺境伯は全く痛みを感じさせない様子で再び深いため息をつくと、低く叫んだ。

「怪我人が目の前にいるのだ、叫ぶ前に行動せよ!!　聖女よ、怪我人を相手にするならば動揺している場合ではないだろう!!」

「ひ!?」

そう言って、リオネス辺境伯は声一つ上げずに手のひらから短剣を抜き去った。ボタボタと流れ落ちる血が木材でできた床を湿らせていく。

――あの出血量はまずい。

すぐにでも出ていって、彼の手にポーションを振りかけたい。

でも彼が試しているのはマディソンだ。ここで出しゃばったら後で何をされるか分からない。そんな恐怖が私の身を硬直させる。

そうしている間に、リオネス辺境伯は血塗れの手をマディソンへと伸ばして言った。

「聖女マディソンよ。治せるか、この傷を」

「む、無理です……」

真剣な眼差しで問いかけるリオネス辺境伯に、マディソンはただ震えて首を横に振った。

――何を言っているの？　出血をしているのなら、することは一つでしょ？

リオネス辺境伯は顔を顰《しか》めて、また静かに呟く。

「聖女はポーションに頼らずとも、身に宿す癒しの力で外傷を治療できると聞いている。人の命を扱う者として君の力を見せてくれないか？」

彼の問いにマディソンは力なく項垂《うなだ》れる。

「無理です……私の癒しの力は自分のかすり傷を治す程度、ポーションの作製もできますが……それも未だに力不足で、飲んだ者の軽い傷や風邪程度しか治せません」

呟いたマディソンに、リオネス辺境伯は肩を落とした。

「所詮は祀り上げられた聖女か……知識も人格にも期待は出来そうにないな」

「ど……どういうことですか？」

「君が思うよりも、聖女という称号は重要ではないということだ」

小さく呟いた言葉を最後に誰もが沈黙して、血の垂れる音だけが響く。

「ニャーーン」

「クロ⁉」

するといつの間にかやってきていたクロが辺境伯の前に飛び出した。

元気な姿を見せるように歩き出したクロを、慌てて抱き上げたが遅かった。ライオスとマディソン、そしてリオネス辺境伯の三対の目が私を射貫く。

「お姉様⁉」

「リーシャ‼　何をしている‼」

「ご、ごめんなさい。二人とも」

「お姉様の相手なんてしてられないわ、部屋に戻っていてよ！」

「そうだ、お前は出てこなくていい！」

――ああ、やっぱりそうだった。私は彼らにとって邪魔なだけの存在だ。

鋭い声たちに身をすくめると、突然雷が落ちたような声が轟《とどろ》いた。

「貴様らは黙っていろ!!」

ライオスでさえ腰を抜かしたその声はリオネス辺境伯のものだった。

彼は硬直してしまった私に近づくと、鋭い視線を私の手元に向けた。

「先程の……猫か？」

「は、はい……」

「君が？」

先ほどまでぐったりとしていて意識すら危うかった猫だ。怪しまれるだろうかと思いつつ、こくりと頷いた瞬間、彼の顔がぱっと明るくなった。

「君はこの怪我を治療できるか？」

そうして差し出された手から滴る血を見て、また顔が引きつる。

——そうだった、傷を放置してしまっていた……！

私は何も言わず、自身の着ていた衣服の布地を破く。階段を駆け上がればポーションがあるけれど、これほど血が流れているのであれば止血が先だ。

ビリビリと音を立てて破いた生地をそのままリオネス辺境伯の手のひらに押し当て、圧迫する。

わずかに彼の顔が歪んで、それからほう、と息を吐いた。

「……何処《どこ》でこの知識を？」

「亡くなった母は薬師でしたから、応急処置は一通り習ったのです」

「そうか、すまない」

「いえ、十年前のことなので平気です。……手は胸より高く挙げておいてください」

「あぁ……名前は？」

「リーシャと申します」

「そうか、君が姉の……噂はやはり当てにならないな」

流れていた血を止めた、といっても傷口が塞がれた訳ではないため安心はできない。

私は消毒液と包帯を屋敷の救急箱から取り出して持ってくる。マディソンとライオスはやけに静かなままだった。不思議に思いながらも、都合がいいので放っておく。

「少し染みますよ……」

「慣れている」

消毒液を浸した柔らかい布を傷口に当てる。

言った通りに慣れているのだろう。傷口に消毒液を塗られたら激痛が起きるはずなのに、リオネス辺境伯は顔色一つ変えない。凄いお方だと思いながら、包帯を巻きつつ私は呟く。

「ここでは、ここまでの治療しかできません」

「いや、充分だ。期待通り……いやそれ以上か？」

怪しげに頬を緩ませたリオネス辺境伯は突然、私を抱き寄せ、ライオスに向かって大きな声で宣言した。

「ライオス伯爵！　本日よりリーシャ・クランリッヒを我が領地に迎える」

「なっ⁉」

その声と共に、硬直していた二人が表情を変える。誰よりも大きな声を上げたのはマディソンだった。わなわなと震えて「有り得ない」と呟いている。

その様子を冷たい目で眺めてから、リオネス辺境伯はさらに続ける。

「異論ないな？」

「待ってください！　何故お姉様を⁉　聖女の私の方がきっとあなたの相手として優れています」

「簡単なことだ……君が聖女としてあまりに未熟であるからだ。リーシャと比べるまでもない」

「私がこんな無表情で薄気味悪い人形より劣っていると⁉」

「そうだ。真に薄気味悪いのは、生き物を傷つけることに罪悪感さえ抱かない人間の方だが」

「な……なっ⁉　私を馬鹿にしているの⁉」

大声で叫ぶマディソンに外面を取り繕う余裕はなさそうだ。

リオネス辺境伯は再度私を抱き寄せ、耳元で呟く。

「俺の元へ来るか？　リーシャ」

「え？　あの……」

翡翠《ひすい》の瞳に映っているのは私だけだ。戸惑っているとリオネス辺境伯は微笑んで、もう一度言った。

「君の考えで、答えを聞かせてくれ」

「わ、私は……」

――彼の考えは分からない。しかしここに残れば私もクロもどうなるかは容易に想像が出来た。なら選択肢はただ一つだ。

「あなたと共に参ります。リオネス辺境伯様」

「シュラウドでいい。決まりだ。早速荷物をまとめてくれ」

彼は私の言葉にニッと笑うと、私を送り出すように背中を叩いた。

「どうして!!　どうして!!　あんたなのよ!!」

マディソンが叫び、止めようと詰め寄ってくる。

しかし、リオネス辺境伯――シュラウド様は私に目配せして「任せてくれ」と呟いた。

「マディソン殿、確かにあなたは聖女であり、怪我や病気を治せるのだろう。しかしかすり傷を治す程度では人を救えない。だが君の姉はそんな力もなく知識だけで俺を救おうとした。差は歴然としている」

シュラウド様の言葉にマディソンの瞳が一瞬揺れた。動揺したようにも見える姿に一瞬目を瞠《みは》る。

「何よ、私は認めない……認めないわ！　私が聖女なのよ！」

しかしマディソンはすぐに顔を上げて、私を睨んだ。

その視線に先程よぎった動揺の光は感じられない。

「……欠点を認められないのが、最も愚かだな」

荷物をまとめておいで、とシュラウド様に背を押されて私は慌てて自室に戻った。

もとより、大抵の私物はマディソンに奪われていたので私の荷物は多くない。ポーションとそれを作るための器具をわずかばかりの衣服でぐるぐる巻きにして、古ぼけた鞄に詰め込む。

その鞄を担いで階段を降りると、どうやってライオスとマディソンを撃退したのか、シュラウド様だけが一人廊下の壁に凭《もた》れていた。

「もういいのか？」

「はい、シュラウド様」

「……では行こうか」

私がシュラウド様の後ろについて歩くと、クロが足元にやってきた。

「シュラウド様、この子もよろしいでしょうか？」

「君の親友なのだろう？　もちろんだ」

屋敷の外にはシュラウド様の乗ってきていた馬車が停まっていた。

無駄な装飾は一切なく、走る馬も毛並みがよくたくましい。

――あの馬はきっと速く走るだろう。

のんきにそんなことを考えながら馬車に乗り込むと、マディソンの叫び声が聞こえた。

顔を上げると、どうやら私の部屋を早速荒らしに行ったのか、部屋の窓から彼女が叫んでいるのが見える。

「私は認めない!!　お姉様が私よりも優れているはずがないわ！　だって私は……この国で最高の聖女なのよ!?　お姉様は人形みたいで薄気味悪いのに！」

独り言なのか、私に向けて叫んでいるのかは分からない。

しかし距離のせいか、今まではずっと恐ろしかった彼女の声があまり怖くなかった。

「……行きましょう、シュラウド様」

「言い返さなくていいのか？」

私は首を横に振る。

――この十年間でよく分かっている、マディソンには……

「何を言っても無駄ですので」

「なるほど、それもそうだな」

「認めない！　認めない!!」

ガシャン！　と甲高い音が屋敷に響き渡った。

何もない私の部屋からではない。廊下に置かれていた骨董品や花瓶をマディソンが癇癪《かんしゃく》を起こして壊しているようだ。しかし、あれらは全てマディソンのものだ。私は何も感じない。

――次々と物を壊す彼女を止められる者は屋敷にはいない。

全員が彼女を甘やかした代償だ。

マディソンは狂気を帯びた声で叫び、窓から身を乗り出して私を睨む。

「絶対に私が上だと証明してみせますわ!!　お姉様、私の方が優れているのよ！　人形のあなたよりも、聖女の私の方が!!　待ちなさい！　話を聞きなさい!!　絶対に私が、おねぇさ――」

バタンと馬車の窓が閉じられると、マディソンの叫び声は遮断されて聞こえなくなる。

「出してくれ、なるべく急いで声の届かぬ所まで。ここは彼女と話すには騒がしい」

シュラウド様が御者へ指示をすると、馬の蹄の音と共に馬車が揺れ始めた。

もう、怖さや危機を感じる必要はない。

そう思うだけで心が安らぎ、私は膝に座るクロの頭を撫でた。

「やっと……解放されたね。クロ」

呟いた言葉に返事するようにクロは「ニャン」と小さく鳴いた。

長く、辛《つら》い孤独な日々だった。

ようやく解放された安堵感も束の間、シュラウド様の手に痛々しく巻かれた包帯が目に入る。

それからトランクにしまわれているポーションの瓶のことを考えて、私は一つ二つと深呼吸を重ねた。

「……ちょっと、よろしいでしょうか」

私にしては思い切った行動だった。初めて出会った男性の手を取ってしまったのだから。

第二章　薬師としての一歩

呆気に取られているシュラウド様を横目に、トランクから小瓶を取り出す。先程クロを助けるのに使ったポーションの残りだ。シュラウド様はその小瓶を訝《いぶか》しむように見つめた。

「これは……」

「ポーションです。自作ですが」
「っ⁉　ポーションは修行を積んだ聖女しか作り出せないのでは？　まさか君の妹……が？　いや
そんなはずはないか」
……少しは妹《マディソン》に可能性を持ってあげてもいいのでは？　まぁ、あの失態を見た後ではその反応
も無理はないけれど。
私は首を振って、ポーションの小瓶を開ける。
「母はポーションを薬学で作製できないか模索しておりました。道半ばで亡くなってしまいました
が、少しの傷なら治せる簡易的なものまでは出来上がっていたのです。その研究を引き継いだ私が
完成させました」
「それは……凄いな。すまない、少し動揺している」
彼は驚きと喜びを合わせたような表情で、小瓶をじっくりと眺めている。
ポーションは一本手に入れるのに国家予算が必要になる程の貴重品なのだから、動揺するのも当
然だ。売れば子子孫孫、遊んで暮らせるだろう。
――だから、ライオスとマディソンに見せるわけにはいかなかったのだけど……
でも流石にシュラウド様の傷を放置できない。
そっと彼の手に巻かれた包帯をほどき、小瓶を傾けてポーションをかける。するとキラキラとし
た光が彼の傷口の周囲に漂い、すぐに傷口は塞がっていった。
それでもまだ彼の顔色はよくならない。血を流しすぎたのだろう。

「苦いですが、残りをお飲みください」

「……全部飲むのか？」

「できればそうしてください」

ひと口舐めて、苦みに渋い顔をする彼を励ましつつ全部飲んでもらう。

するとみるみるうちに彼の顔色がよくなった。

その効果に驚いたのか、シュラウド様は手を握ったり開いたりを繰り返している。

「違和感はありませんか？　気分も悪くなったら言ってください」

何しろ私の体でしか実験をしていないのだ。もし他の人の体に合わなかったらと思うと恐ろしい。

しかしシュラウド様は首を振った。

「……これの量産はできるのか？　製法を誰かに伝授は？　可能であれば我が領の者に教えてほしいのだが」

「必要な薬草があれば可能です。ただし方法が難しいので、私が指南しても作れるようになるには二年は必要かと」

「そうか……」

そう言ってシュラウド様が視線を空中に向ける。

その姿に早まったことをしただろうか、とドキリとする。

もしも彼がポーションで金儲けを考えているならば、何処《どこ》かでひっそり私自身の命を絶とう。この薬で争いが起きないように火種となる私が消えればちょうどいい。

そう思って、私はシュラウド様に視線を向けた。

「一つお聞きします。このポーションをどのように利用なさるおつもりですか？」

しかし、「お金儲けですか？」と言う間もなく彼は答えた。

「このポーションで大勢の人々を救おう、君の努力を腐らせはしない」

「へ？」

思わず素《す》っ頓狂《とんきょう》な声を出してしまった。

綺麗な瞳で答える彼が嘘をついているようには見えない。

「あ、あの……自分で言うのもおかしな話ですが、お金になるのでは？」

「金は確かに大事だが、国の宝は人だ。自国の民や、苦しむ人を救うために使いたいと思っていたが――何かおかしいか？」

「――いえ、無粋な質問でした」

愚かなのは私のほうだ。

人の欲は醜《みにく》く、際限なんてないことを知っていたから、お母様の夢など叶うはずがないと思っていた。けどきっとお母様は、シュラウド様のような方がいることを信じていたのだろう。

清き方に渡るのであれば、何も文句はない。

「ポーションの利用方法に文句はありません。あなたの頼みを引き受けます」

「ありがとう、よろしく頼む。薬師リーシャよ」

そう言ってシュラウド様は改めて頭を下げた。私も慌てて頭を下げ返す。

お母様と同じ、人を救う職『薬師』と呼ばれたことに少しだけ胸が熱くなった。

顔を上げると、シュラウド様はふむ、と言いながら顎に手を当てた。

「……どうかいたしましたか？」

「いや、君は目に表情が出るのだと思って」

そう言われて、思わず顔に手を当てた。いつも通りだ。表情が変わっている様子はない。

しかし、目を瞬《またた》かせると、「ほら、驚いているのが分かる」とシュラウド様は微笑んだ。

「人形と言われる私にそのような……」

「人形か？　俺にはそう見えないな」

「……何故そう思うのでしょうか？」

思わぬ答えに尋ねると、彼は私の瞳を見つめた。

「仕草や瞳を見れば、充分君の気持ちが分かる。それに俺もあまり笑う方ではないさ」

「悲しい時に涙も出ないような人間です。それでも人形ではないと思いますか？」

「皆の当たり前を自分にまで当てはめる必要はない。君らしくいればいい」

そう言って彼は薄く口元を緩ませる。

自分らしくいていいなんて言ってくれたのは彼が初めてだ。胸が温かな気持ちで満たされたが、
どうにも気恥ずかしくて、慌てて話を元に戻した。

「あ、あの……お話の続きを」

「あぁ……話がずれたな。ポーションの作り方を知りたい。それから改めて、君には薬師として俺

の領土へ来てほしい」

それから私は、彼と、彼の領土について話を聞くことになった。

シュラウド・リオネス辺境伯。

彼はレーウィン王国において、最大の要地たる辺境地を任されているそうだ。その特殊な地位ゆえ、公爵にも並ぶほどの権威を持っているという。

それを聞いて、父達が何故彼に取り入ろうと必死だったのかよく分かった。

そして辺境伯領では、王家に並ぶ兵力の保有を許されているのだそうだ。

何故リオネス辺境伯領が最大の要地であり、王家に並ぶほどの兵力の保有を許されているのか。

それは領地に現れる魔獣のせいだった。

魔獣とは通常の獣とは違い、光も通さぬ漆黒の体毛を持つ異形の獣のこと。お母様から聞いたことがあったけれど、銀龍と同じようなおとぎ話だと思っていた。

でも、それらは実際に存在し、食べるためではなく殺すために人々を襲い続けている。

また、魔獣は何故か辺境伯領の南東部で異常な数の出現を続けている。かつて辺境伯領の二割を奪われてしまったこともあるそうだ。

そんな話まで聞いて、私は深く息をついた。

まったく知らないことばかりだ、辺境伯領がそのような事になっていたなんて。

そんな私の様子を見て、シュラウド様はゆっくりと頷いた。

「我が領土で魔獣との戦闘は常に起こっており、怪我人は日に日に増えている。故に……この国一番の聖女がいると聞いて期待していたのだが」

「どうでしたか？」

問いかけに、彼はため息交じりに答える。

「結果はかすり傷を治せるだけときた。それならまだ医療兵を雇った方が何万倍もマシだ」

「それは、残念でしたね」

「あぁ……だがそれ以上の成果があった」

そう言って、シュラウド様は頬に笑みを浮かべた。

◆◇◆

それからは馬車での旅路となった。

旅の合間に、ポーションの製作方法をシュラウド様に伝えていく。

ポーションには薬草だけでなく、毒草も使う。毒草から毒性を抜く作業は非常に繊細であり、分量や手先が狂えば途端にポーションは劇薬に変わってしまう。いとも容易く人を殺してしまう毒と紙一重の薬なのだ。

製作方法を聞いたシュラウド様は危険性を理解して、製法を伝授する相手は慎重に選ぶと言ってくださった。

辺境伯という強大な立場にもかかわらず、シュラウド様はいつも対等に接してくれる。それがなんとも嬉しくて、向かった先では出来るだけのことをしよう、と決意する。

そうして三日程かけて、私たちはリオネス辺境伯領にたどり着いた。

「あれが、我々を守る防壁だ」

彼が指し示す先を見て、その圧倒的な光景に息を呑む。

切り立った断崖と断崖の狭間に、巨大な壁がそびえ立っていた。

その前にはいくつもの建物が密集して建てられている。その物々しい雰囲気に、私はシュラウド様に教わった、この地の歴史を思い出した。

大量発生した魔獣を防ぐため、五十年前に当時の国王と先代リオネス辺境伯がこの防壁を作り上げたそうだ。この規模の壁を建設できたのは、先代国王の手腕が大きいと彼は語った。

レーウィン王国は何百年も平和を保ち、小国でありながら周辺国家からの信頼も厚い。だが、突如として大量発生した魔獣に苦しめられた。

そこで国王は即座に魔獣の侵入路であるこの地に壁を建設することを決意したそうだ。

しかし魔獣も群れを作り、防壁を破壊する程の数で襲撃を繰り返す。

そうして、さらなる手段として先代国王は、先代の辺境伯に協力を呼びかけ、国にも劣らない軍事力を持つ代わりに、防壁外の魔獣を減らし続け、国を守る『盾』となることを命じた。

そして辺境伯はそれを受け入れ、リオネス辺境伯領が生まれたのだと――

壁の手前で馬車を降りると、ひゅうひゅうと冷たい風が吹き下ろしてくる。防壁の上には取り付けられた王国の国旗が大きくはためいていた。

「凄い……」

「シュラウド様！」

そびえ立つ防壁の威厳ある姿に呆然としていると、近くにあるテントから出てきた誰かがこちらへと走ってきた。

それは一人の綺麗な女性だった。ブラウンの髪を後ろにまとめ、きりっとした目元が美しい。しかしここまで走ってきたせいか息は荒く、目の下には隈もあるようだ。

年は三十ほどだろうか？　白衣と胸についた印で医者だと分かる。

シュラウド様は表情を硬くして、彼女に視線を向けた。

「エリーゼ……何かあったのか？」

「昨夜、魔獣の襲撃を受けました」

「……負傷者は」

「負傷者は三十名、重傷者は六名です。彼らは残念ですが明日までもたないでしょう。……せめてお言葉だけでもかけてあげてください」

「……分かった」

二人の淡々とした会話に思わず動揺してしまう。

ここにいる人達は死と隣り合わせの日々を過ごしている。

私は今まで漫然と死にたくないとだけ考えて生きてきた。でも、ここでは自分の意志に関わらず、死が迫る人がいる。

「シュラウド様！　どうか、私にも行かせてください！」

そう気が付いた瞬間、声を上げていた。

振り向いた二人の視線が私を射貫く。私はまっすぐ二人を見つめ返した。

「シュラウド様、この子は？」

「彼女──リーシャは王都の近くから呼んだ薬師だ。……頼んでいいのか？」

後半の問いかけは私に向けられたものだった。

「もちろんです！」

薬師として、やれることをやりたい。

私は馬車から鞄を慌てて降ろした。この中にはまだ十本ほどポーションが残っている。

重傷者六名を救うには充分だろう。

私たちのやり取りを聞いて、エリーゼさんがシュラウド様へ振り返った。

「シュラウド様。どういうおつもりですか？　薬師とはいえ、重傷者の処置を見ず知らずの者に任せられません」

「彼女はポーションを作り出した。俺は彼女になら任せられると思っている」

「ポーションを⁉　まさか、彼女は聖女なのですか？」

「……いいえ、私はあくまで薬師です」

驚愕した表情のエリーゼさんの元に戻り、首を振る。すると一瞬期待をよぎらせたエリーゼさんの瞳はすぐに疑いの色に塗りつぶされる。まだ見ず知らずの人間なのだから当然だ。私は聖女《いもうと》ではないし、ただの薬師がポーションを作製したなんて、簡単に信じてもらえるはずもない。

だから後は行動と結果で信じてもらうしかない。

シュラウド様は私を見つめ、託すように呟く。

「俺の仲間を救ってくれるか？　リーシャ」

「はい、任せてください……私を選んでくださったことを、後悔はさせません」

答えた瞬間、彼は私の手を強く引いた。

多くの兵士達が走り回る中をすり抜けて、大きな医療テントの前へとたどり着いた。

すると呻き声や叫び声が聞こえてくる。

思わず足を止めると、追ってきたエリーゼさんが、私の肩を掴んだ。

「……あなた、見たところ歳は十代後半といったところかしら」

「はい」

「この先に待っているのは綺麗な花畑ではありません。この先は残酷よ。命を預かる責任は若いあなたには重い。それでも行くの？」

その声に、妹から放たれる言葉のような毒は含まれていない。エリーゼさんはきっと純粋に心配してくれているのだろう。

けど――

「行かせてください、見て見ぬ振りなんて私にはできません」

「……分かった。こっちよ」

エリーゼさんは私の言葉に頷くと、入り口の布を巻き上げて私を中へ誘《いざな》った。

中へと入ると血の匂いが鼻孔を満たした。多くの怪我人がベッドに寝かされている。既に病床が足りていないのだろう。粗末な木製の椅子に包帯が巻かれて苦しそうに呻き、絶望したように項垂《うなだ》れている人が腰かけていたり、腕を失った人が床に座り込んでいたりする。

そして幾人もの兵士が彼らを必死に治療している。ただ、既に薬が尽きているのか励ますように手を握っていたり、祈るように俯《うつむ》いていたりする人が多い。

思わず口元を押さえそうになったのを堪え、鞄を開き、声を張る。

「シュラウド様に呼ばれてまいりました、薬師のリーシャと申します。これを重傷の方に飲ませてください！　軽傷の方には薄めて飲ませてください。多くの人に届くように……どうかお願いします！」

治療を行っていた兵士たちは驚いた様子だったが、シュラウド様の名前が出て目を瞬《しばたた》かせると、すぐに動き出してくれた。

私もポーションの小瓶を持って一際血の匂いが濃いベッドへ向かう。

見ると、ベッドに寝かされた男性は目の下に深い傷を負い、腹部には痛々しい程に血の滲んだ包帯が巻かれている。傷の深さで判断すれば、あと少しの命。

ポーションでも死者を生き返らせることは不可能だ。しかし生きてさえいればきっと……

「……起きられますか？　薬を持ってきました」

「なんだ？　ああ、こんな綺麗な女性に看取ってもらえるとは……」

そっと肩に触れると、彼はうっすらと目を開いた。その唇にポーションを掬《すく》った匙《さじ》を近づける。

「……飲んでください」

「もう、俺に薬を使う必要はない。それより、頼みがある。俺の母さんに伝えてくれ。頼む……最後の頼みだ。バッカスから伝えられたと、ありがとう、と……」

「それは――ご自身でお伝えください」

そう言いながら私は彼――バッカスさんの口元へとポーションを落とした。

彼がゴクリと飲んだのを確認して、傷口が輝くのを見つめる。

すぐに傷は消えていった。

これなら大丈夫だ。

「――は？　まて、痛くねぇ？　なんだ、これ!?」

同時にバッカスさんは飛び上がり、信じられないといった表情を見せる。

振り向くと他の兵士の人たちも信じられないと声を上げている。

さすがになくなった腕などは再生不可能だが、兵士たちの傷口が完全に塞がっているのが見て取れた。

「うそだろ!!　傷が!!」

「苦い薬を飲んだら治ったぞ!?」

よかった……

怪我に呻いていた人達が、次々に顔を上げる。

充満していた血の匂いが抜けるように私はエリーゼさんと一緒に天幕の布を巻き上げた。

さあっと新鮮な空気と陽の光が入り込んで、歓声が大きくなっていく。

見回すと、さっきまで命の危機に瀕していた人たちが助かったことに喜びの声を上げている。その姿に胸が温かくなるのを私は感じた。

嬉しい……。お母様はきっとこんな光景が見たくてポーションを作り始めたのだろう。

「よくやってくれた……ありがとう」

「シュラウド様……」

安堵した私の頭を優しく撫でてくれたのはシュラウド様だった。

彼の優しい笑みを見た瞬間、力が抜けて彼に寄りかかってしまう。

「おっと……」

「す、すいません……力が抜けて」

「無理もない、肩に力が入っていたのだろう。このままでいい」

視線は鋭くて怖い人だけど、やっぱり優しい人だ。

お言葉に甘えて肩に寄りかかったままでいると、エリーゼさんがこちらにやってきた。

「本当にありがとう……！　今日亡くなるかもしれない兵士達も皆が助かったよ」

「いえ、エリーゼさん達が素早くポーションを使ってくれたおかげです」

感謝を伝えていると、先程まで怪我をしていた兵士たちがやってきた。

「あなたが助けてくれたのか!!」「ありがとう……」と感謝の声と共に涙を流している方もいた。

「俺、妻にはもう会えないと思ってたよ」

「俺も、子供が産まれたばかりで……助けてくれて本当にありがとう」

彼らの言葉に心が温かくなり、嬉しさが溢れる。

知らなかった、誰かを助けることがこれ程までに胸を弾ませるなんて。

お母様の夢だった『ポーションを創り出し、誰もが安心できる世界を作ること』なんて不可能だと思っていた。

でも、こんな光景を見たら……私も希望を持ってしまう。

屋敷から出てきて……本当によかった。

「皆さんが助かってよかったです」

ふと肩の力が抜けてそう言うと、ピタリと周囲の歓声が止まった。それどころか兵士の方たちやエリーゼさんの視線が自分に集まっているのを感じて、慌てて隣のシュラウド様を振り返る。

「な、何かおかしかったでしょうか……」

「皆、君の笑顔に見惚れているだけだ」

「へ⁉」

「人形などと自分を卑下していたが、陽を浴びて微笑む君はとても綺麗だ」

「……っ⁉」

突然の言葉に、驚きで声が出せない。

笑顔、なんて浮かべていただろうか？　そもそも何年も表情すら浮かべられなかった私が、こんな簡単に笑うことが出来たなんて……

「エリーゼ、急いで集めてもらいたい薬草類がある」

私のそんな驚きなどお構いなしに、シュラウド様がエリーゼさんに必要な薬草類の手配を頼んでいる。私なんてドキドキして顔から火が出そうなほど熱いのに。

慌ただしい胸の鼓動を鎮めるために、ゆっくりと深呼吸する。

落ち着こうとする間にも続々と兵士達が感謝を伝えに来てくれた。人数がかなり多く、人だかりになってしまう。これだけの人に囲まれるなんて初めてで、どうすればいいか分からず戸惑ってしまう。

するとシュラウド様がふと顔を上げて、私の背中をそっと押した。

「シュラウド様？」

「改めて君を皆に紹介しよう」

「は、はい」

シュラウド様が視線を向けると、落ち着きのなかった兵士たちがすぐに静まった。その分、視線が集まり、思わず唾を呑む。多くの視線が私を射貫くと、父とマディソンのことが頭をよぎって上手く体が動かなくなる。

緊張してついつい下を向きそうになるが、シュラウド様は支えるように私の背に手を当てて、朗々と声を張った。

「改めて皆に紹介しよう、彼女はリーシャ・クランリッヒ。俺が薬師としてこの辺境伯領へ招いた。

彼女は聖女にしか作れなかった『ポーション』を創り出すことに成功した。その効果は充分に分かっただろう！　歓迎してやってくれ」

彼のよく通る声に呼応するように、兵士たちが割れんばかりの歓声を上げてくれる。

「薬師様！　あんたに救われた命だ！」

「来てくれてありがとう！　今度、俺の美味《うま》い飯を食わせてやるよ！」

「俺は一生あんたのために戦うぞぉ！　絶対に魔獣から守ってやるから安心してくれ！」

止まぬ歓声が轟《とどろ》き、私はゆっくりと息を吐き出した。

——ここの人たちは私を受け入れてくれている。

あの屋敷と違う。ここなら私は生きていてもいいと思わせてくれる。

そう思うと、俯《うつむ》いた顔をようやく上げることが出来た。

「粗暴だがいい奴らばかりだ。リーシャ、彼らと共に辺境伯領を守ってくれるか？」

「はい。私の方からお願いしたいぐらいです。ここに、居させてください！」

私が頭を下げると歓声の声は大きくなり、感謝の言葉が飛び交う。

それを見て、シュラウド様が微笑んだ。

「彼らにとって君は希望になったんだ。死と隣り合わせの恐怖の中で前に進むためには希望がいる。これは薬師の仕事か分からんが……彼らを支えてやってくれ」

そうか、辺境に生きる彼らにとって、死の恐怖はいつも隣に付きまとう。

それを少しでも私が緩和できるのであれば……

「喜んで引き受けます、シュラウド様」

「ありがとう。ようこそ我がリオネス辺境伯領へ、歓迎しよう。共に生きる仲間として」

たくさんの歓声に包まれる中、彼に精一杯の感謝を伝えたくて、私はペコリと頭を下げた。

その後、たくさんの人たちに囲まれて、初めてこんなに口の筋肉を使った……と思うほど、いっぱいお話をする。

それから天幕の中の清掃を済ませた後、領内の宿屋にでも案内してもらおうと思ったら、なんとシュラウド様の屋敷に招かれることになった。

父の屋敷とは比べ物にならない広々とした屋敷の中で、身を強張らせる。

てっきりこの領地で暮らしていくための手続きのためだと思っていたのだけど、どうやらシュラウド様の屋敷に住むことになるらしい。

緊張しきりの私にシュラウド様が椅子を勧めてくれた。

「立ちっぱなしだったから疲れただろう。すぐに部屋の支度をさせる」

「あっ、いやそんな」

「気にするな」

会った時は実感が湧かなかったけど相手は辺境伯様だ。今更ながら緊張してしまう。

屋敷に住んでもいいと言っていただけたけど失礼があってはいけない。

「適当に座っておいてくれ」

「は、はい」

慌てて頷き、椅子に腰かけると、シュラウド様は微笑んで去っていった。

その笑みにドキリとしてしまい、慌てて首を振る。それから一人になった私は改めて周囲を見回した。

彼の屋敷はいい意味で無骨だ。

無駄な装飾品がまるでなくて、マディソンのせいで悪趣味な装飾だらけになった前の屋敷とは大違い。そういえば彼が「シュラウド様」と領民や兵士たちから家名ではなく、名前で呼ばれていたことを思い出した。

彼は辺境伯という立場でありながら、まるでそんな雰囲気を感じさせないほど気さくに領民たちに接している。屋敷にもその人柄が表れているようだ。

「すごいなあ……」

兵士たちから聞いた話では、シュラウド様はまだ若い。先代の辺境伯が魔獣の襲撃によって身まかられてすぐに爵位を継いで以降、ほとんどの私財を領地の防壁や医療に回しているそうだ。

だからだろうか。

広々とした部屋には暖炉のおかげだけではない暖かさが満ちていて妙に落ち着く。

彼が居なくなって静かになった部屋で、私は椅子の背にそっともたれかかった。

夢のような一日だ。あの恐怖と苦しみしかなかった屋敷から離れられたことが信じられない。

「ニャーン」

しっかりとついてきていたクロが私の足元で鳴く。

そのキラキラとした目に慌てて私はクロを抱き上げた。

「クロ……お、大人しくね」

その時だ。

「こんばんは、お嬢様」

「へっ⁉」

突然後ろから声が聞こえて、変な声が出てしまった。

振り返ると白髪で優しそうな笑みを浮かべた男性が立っていた。彼はこちらを見つめ、少しびっくりしたように目を瞬《しばた》かせている。

「驚かせてしまってすみません。あなたは……」

「わ、私は……」

「今日より屋敷に住むことになった薬師のリーシャだ。ルーカス、色々と案内してくれ」

答えようとしたところでシュラウド様が部屋に入ってきて代わりに答えてくれた。

先程まで着ていたジャケットを部屋に置いてきたのだろう。身軽な様子だ。

「それはそれは。この屋敷にお客様を迎えることも随分と久しぶりです。しかもこんなに美しいお嬢様とは」

ルーカスと呼ばれた男性が胸に手を当てて礼をする。

その身のこなしには一切の無駄がなく、所作は芸術のように洗練されていた。

「ようこそ、リーシャ様。私は執事のルーカスです。困りごとがあればご相談ください」

「よろしくお願いいたします……ルーカスさん」

急いで立ち上がり、淑女の礼を取る。

ルーカスさんは柔らかな笑みを浮かべて、私を別の部屋に誘うようにドアを開けてくれた。

「どうぞ、お食事を用意いたしますのでこちらへ。その間にお部屋を整えてまいります」


案内された客間で食事をいただく。

温かいコーンクリームスープにふわふわと柔らかいパン。目にも美しいハムとオリーブが並べられ、食前酒の有無を聞かれて慌てて断った。

次々と並べられていくお皿に、思わずお腹が鳴ってしまう。

恥ずかしさに顔を伏せると、シュラウド様にぽんぽんと頭を撫でられた。

「しっかり食べるといい」

「あ、ありがとうございます」

そう言われてカトラリーを手にする。礼儀作法を気にして食べることも久しぶりだ。

そっとスープを口に運ぶと、温かさが滑らかに喉を伝った。

「美味しい……！」

屋敷では冷えたものしか食べさせてもらえなかったから、出来立ての温かな料理があまりにも美味しく感じて、心が安らぐ。

すると私の様子を見たシュラウド様が優しく微笑んだ。

「料理は辺境伯領の者たちがくれる食材で作ってもらっている。心ゆくまで食べてくれ」

「そうだったのですね。本当に美味しいです……！」

そう言ってついついパクパクと食べてしまってから気が付いた。

シュラウド様の前に置かれたお皿から一切ご飯が減っていない。カトラリーすら動いていない。

ゴブレットに注がれた水だけを口に運んでいる姿を見て、慌ててシュラウド様に尋ねた。

「あの、シュラウド様は食べないのですか？」

「気にしないでくれ。……君のおかげで今回死者は出なかったものの、俺が不在だったせいであれほどの怪我人を出した。今は食う気にならない」

彼は大勢の命を預かっており、その責務の重さは私には計り知れない。

彼が食べないというのであれば私からは何も言えない。

しかし、薬師としては別だ。

私はカトラリーを動かす手を止めた。

「失礼ながらそれは間違っております」

「間違っている？」

「領民の方たちの命を預かる責務が重いことは承知しています。しかしシュラウド様自身の身体もご自愛ください……人は食べなくては生きていけません」

私はパンをちぎり、それをシュラウド様の口元へと持っていく。

「……リーシャ？」

「私が支えるのは兵士の方々だけではありません。……あなたのことも支えさせてください」

「…………」

シュラウド様が目を見開いてこちらを見つめる。

思いもせぬことを言われたというような表情に、思わず手が震える。

――差し出がましいことをしてしまった。というか……あれだけ無遠慮にご飯を食べておいて何をと思われても仕方ない。でも、もし日常的に彼が食を断っているなら誰かが止めないと……！

祈るようにパンを差し出し続けていると、シュラウド様は口元に寄せられたパンを見つめてから、ひょいと口に運んだ。

彼の唇が少しだけ指先に触れて、慌てて指をひっこめる。

「……美味《うま》い」

その言葉と同時に、彼はカトラリーに視線を向けた。それから優雅な手つきでそれらを操り食卓に並んだ自分の食事を平らげていく。綺麗になった皿を置いて、彼は何処《どこ》かに消えるとジャケットを羽織ってすぐに戻ってきた。

「少し外す。俺が不在だった時の被害を見てくる」

「わ、分かりました！　お気を付けて……」

「あぁ、ゆっくりしてくれ」

そう言うと、彼はこちらを見ずに屋敷から出ていってしまう。

――やはり食べるのを押し付けるのはよくなかっただろうか？

恥ずかしさといたたまれなさに、行儀悪くも机に突っ伏しそうになる。薬師として間違った選択はしていないと思うけれど、嫌われてしまったら嫌だな、と不躾にも思う。

先ほどまで美味しく感じていた食事をする手を止めると、ふと、誰かが傍に立っていることに気が付いた。

顔を上げるとルーカスさんがこちらを見つめている。彼は私の視線を受けて、ふわりと微笑んだ。

「旦那様のことを、気遣ってくださりありがとうございました」

「いえ……私の余計なお節介だったかもしれません……」

「いえいえ。私たちでは言いたくともお伝え出来ないことでしたから。それに、嬉しいものですよ。誰かに心配されるというのは」

「そう、なのでしょうか？」

「ええ。よければこれからも旦那様を支えてさしあげてください」

そう言って、ルーカスさんがくすくす笑う。見ると給仕をしてくれていたメイドさんたちも笑いをこらえているようだった。

「で、ですがシュラウド様は慌てて出ていってしまいました、ご迷惑だったのかもしれません」

「ふふふ、出ていったのは迷惑だったからではありませんよ。旦那様は良くも悪くも慣れておりませんからね」

そう言って、ルーカスさんが周囲に目配せをした。含みのある言い方に首を傾げる。

「慣れていないとは？」

「今はお互い何も知らない方がいいでしょう。私も長く生きてきましたが、久々にワクワクしてきましたよ。……さあ、それよりお食事の続きを」

色々と意味深な言葉の真意を尋ねようとしたけれど、ニコリと笑って紅茶を淹《い》れてくれたルーカスさんはこれ以上教えてくれそうにない。

迷惑ではなかったのなら、シュラウド様は何故出ていってしまったのだろうか？

部屋に案内されてからも、シュラウド様は帰ってこなかった。お母様が亡くなってから初めてのパリッとしたシーツの上で、私は何処《どこ》か悶々とした気持ちで眠りについたのだった。

◆◇◆

思い出せば、ずっと暗い部屋で一人だった。

怯えるように膝を抱えて……怖くて苦しいのに助けてくれる人なんて誰もいない。

帰ってきたマディソンから執拗に嫌味を言われ、目ぼしいものをどんどん奪われる。

少しでも彼女へ抵抗すればライオスが躾と称してムチを持ち出し、私へと振るう。

廊下から聞こえてくる足音が近づく度にビクビクと身体を震わせて朝を待った。

そんな日々を送るうちに私は泣くことも出来ず、笑い方も忘れた人形になってしまった。

死にたいと何度も思った。

孤独で辛《つら》い日々、震える夜に隣に居てくれたのは――

「ニャン！」

ぺろりと私の頬を舐めるいつもの感覚で目を覚まし、顔を上げて、クロの頭を撫でる。

「おはよう、クロ……」

「ンナォォ」

「起こしてくれてありがとね」

朝日の差し込む寝室で私は身体を起こして伸びをする。

夜に怯えずにスッキリと眠れる日が来るなんて思ってなかった。

「朝ご飯を食べに行こうか、クロ」

クロと共に階下に向かうと、シュラウド様が既に席に座ってコーヒーを飲んでいた。

昨日のことを思い出してドキリとするが、シュラウド様は特に気にする様子を見せず私に朝の挨拶をしてくれた。

そのことにホッとして、頭を下げる。

息を吸い込むと、ルーカスさんが用意してくれたオムレツ、そしてバターパンの甘い香りがお腹を刺激する。私が食卓につくとシュラウド様が呟いた。

「君はクロと本当に仲がいいな……朝の用意が出来た瞬間にクロが寝室に君を起こしに行ったんだ」

「そうだったのですね……クロは不思議な子です。屋敷は危険だからと追い払っても、いつも戻ってくる。お母様が亡くなってからずっと一緒です」

「そうか……俺は動物と暮らしたことがないから分からないが、君たちには強い絆を感じる。不思議なものだ」

「ええ、本当に辛《つら》い日はいつもクロがいてくれて……。お母様がクロを贈ってくれたのだと思ってしまう日もありました。おかしいですよね？」

視線を向けると、私達の話なんて気にせずにクロはひげを汚しつつミルクを舐めている。

ルーカスさんはクロにもミルクを用意してくれていたようだ。

「あながち、リーシャ様の考えも間違いではないかもしれません」

食卓に座った私に温かな紅茶を淹《い》れてくれたルーカスさんは笑いながら話す。

「これは私が子供の頃、母親に聞いた話です。この国の古い言い伝えでは、猫は導き手と呼ばれていました。猫が主と認めた者を幸福へと導くと……」

「導き手……ですか？」

「ええ、ひょっとするとクロ様がリーシャ様を幸せへ導いてくれているのかもしれませんね」

そういえば、シュラウド様と出会ったきっかけもクロだった。それはクロが幸運の導き手だから？　いやいやそんなはずはない。

そんなことを思いつつ、ミルクを舐め終えて私の膝上で丸まったクロを撫でる。

するりと指先に頬をすり寄せてくれるクロに微笑んでしまう。

「いずれにせよ、私は……クロが元気でいてくれるならそれが一番幸せです」

「その通りですね。猫はいるだけで幸福を感じるものです」

ニコニコと笑っているルーカスさんはきっと猫が好きなのだろう。

クロのご飯だってすぐに用意してくれていた。今もクロを撫でたそうにうずうずとしているように見える。

「よければ……撫でてみますか？　クロもきっと許してくれると思います」

「よ、よろしいのでしょうか？」

余程嬉しいのか、ルーカスさんは目をキラキラさせている。その姿が、ずいぶん年上の男性にもかかわらず可愛らしく見えた。

「クロ、いいかな？」

私の声に、クロは身体を起こしてルーカスさんを見つめる。本当に賢い子だ。

「クロ様、失礼いたしますね」

ルーカスさんはクロを優しく撫でると、嬉しそうに満面の笑みを浮かべた。

「なんと……クロ様は毛並みがいいですね。柔らかくフワフワです」

「喜んでいただけて嬉しいです」

クロを囲んで盛り上がっていると、ふとシュラウド様の視線を感じた。振り返ると視線を逸らされてしまう。

「シュラウド様もよろしければ……」

「いや、いい。俺は先に出ている。準備ができたら昨日のテントまで来てくれ」

今までの優しい声音とは違う、切り捨てるような返事に思わず身が強張る。

出ていくシュラウド様の背を見送りつつ、そっとルーカスさんへ視線を送った。

「シュラウド様は、動物がお嫌いなのですか？」

「申し訳ありません、私にも分かりません……」

ルーカスさんがしょんぼりと肩を落とす。私も同じくいたたまれなさに身を縮めた。

もしシュラウド様が猫を苦手なら、一緒の屋敷に住み続けるのは迷惑かもしれない。

辺境伯領の何処《どこ》かには空き家もあるだろう。

迷惑になると分かれば早めに出ていこう。

そう決めて、私は手早く朝食を済ませて準備をしてから、屋敷の扉に手をかけた。

「それでは、行ってまいります」

「行ってらっしゃいませ、リーシャ様」

ルーカスさんにそう見送られて、少しくすぐったい気持ちになった。

クランリッヒ伯爵家では、使用人でさえ私を腫れ物扱いしていたから、屋敷から出る私に声をかける人なんていなかった。

でもここでは違う。

そのことに気分がフワフワと浮かぶ。

屋敷から出た最初の一歩。いつもよりも明るく見えた青空が綺麗だった。

「おはようございます、薬師様」

「お父さんを助けてくれたお姉さんだ！」

声を掛けてくれる兵士の方とはしゃぐ子供たちに手を振る。

ここでは誰もが私を人として見てくれる。

苦しくて辛《つら》い中でもポーションを作ってよかった。

お母様の夢なんて叶わないと思っていたけど、今では私ももっとみんなを笑顔にしたいと思える。

そうして医療テントへ向かうと、エリーゼさんが待っていた。

声を聞いてシュラウド様もテントから出てきてくれる。

先程の冷たい印象が頭によぎり、一瞬歩みが止まったが、シュラウド様はいつも通りの表情で私を迎えてくれた。

「来たか。リーシャ、今日からエリーゼにポーションの製作方法を教えてやってくれるか？」

「は、はい……！」

すると一瞬体が強張ってしまったのがポーションの製法を伝えることへの不安だと思ったのか、シュラウド様はわずかながら笑みを浮かべた。

「安心しろ、エリーゼは王都での裕福な暮らしを捨ててまで、このへき地に来た医者だ」

その言葉にエリーゼさんが苦笑しながら、大きく頷いた。

「といっても、リーシャが危険と思うならもう少し考えてからでもいいわ。少しでも金に目がくらめば、大勢を巻き込んでしまうほど恐ろしいものだと理解しているからね」

「……いえ、エリーゼさんなら私も大丈夫だと思います」

ポーションは大勢の人々を救う。同時に扱い方を間違えれば、人どころか国同士で製法を巡って戦争になりかねない危険性を孕んでいる。

でも、それを知ったうえでなお、私を気遣ってくれるエリーゼさんなら大丈夫だ。

「では、よろしくお願いします、エリーゼさん」

「ええ、少しでも早く製法を習得するわ」

三人でテントの横にある建物の二階に上がると、棚に薬草が並べられた、作業台のある部屋があった。

ここはより効力の強い傷薬や解毒剤を作るための施設だそうだ。

ずっと屋根裏部屋で作業をしていたので、広々とした部屋に目を奪われてしまう。

「すごいですね……」

「これからはリーシャも自由に使ってちょうだい」

「いいんですか!?」

思わず声を上げると、エリーゼさんとシュラウド様が目を見合わせて笑う。

途端に恥ずかしくなって俯《うつむ》くと、「頼もしいね」と言ってエリーゼさんが私の背を叩いた。

それからポーションの製作についてエリーゼさんに教えていく。

薬草の刻み方や保存の仕方、毒草の分量や人体に有害な部分の取り除き方——細かいことを挙げればきりがない。

シュラウド様も途中までは見ていたが兵士の方に呼ばれたのか、気付けば居なくなっていた。

「毒草の扱いには特に気を付けてください。少しでも配分を誤ればポーションは劇薬に変わります」

ちょうどそう言った瞬間、エリーゼさんの手元にあった瓶の中がどす黒い色に変わってしまった。

微量だがアンモク草の量が多かったのだろう。

危険なのですぐに捨ててしまうと、エリーゼさんが額の汗を拭った。

「……っ、これは想像以上に難しいね。私が作れるようになるのはいつになることやら」

「そうですね、二年ほどかけて手順に慣れていただければと思っています」

「しかしこのポーションを作るのには苦労したんじゃない？　多くの実験が必要だったでしょう」

そう言われて慌てて首を振った。

「それは……秘密です」

「そ、そうかい……すまないね。無理には聞かないよ」

——実験に自分の身体を使っただなんて言えば気持ち悪いと思われてしまいそうだ。

事実は隠しておこう、わざわざ明かす必要もない。

所々過去は誤魔化しつつも、丁寧にポーションの製作方法をエリーゼさんに伝えていく。しばらくそれを続けてから、少し休憩をとることになった。

研究所の中の椅子にもたれ、ふと外へと視線を向ける。

そして窓から見えた景色に釘付けになった。

「クロ……シュラウド様も……」

建物の陰で丸まって寝ているクロと、いつの間にか居なくなっていたシュラウド様。

シュラウド様の視線はとても冷たくクロを見下ろしているように見える。

何故シュラウド様がクロの傍に？

てっきり猫は苦手だと思っていたのに、彼はむしろクロへと近づいていくようだ。

心配と好奇心が勝り、私は階段を下りて、その様子を隠れて見守ることにした。

もちろん、もしも何かあったらすぐに飛び出すつもりだけど……

息を詰めて見つめていると、誰もいないかを確かめるように周囲を見回してからシュラウド様は
そっとクロに手を伸ばした。

「まったく可愛いな、お前は……我慢するのに必死だったぞ」

「ニャ～～ン」

「ルーカスの言う通りだな、お前の毛並みは最高だ」

ど、どういうこと？

シュラウド様は笑みを浮かべ、優しい手つきでクロを撫でている。

「シュ……シュラウド様？」

「――っ!?」

いつもより饒舌《じょうぜつ》で、楽しそうな様子に思わず声をかけてしまった。

まさに、目にも止まらない速さで立ち上がり、シュラウド様が振り返る。

「リーシャ？　どうしてここに？」

「その……窓から見えたので」

「あ……あぁ……」

彼はゆらりと近づき、私の肩を掴んだ。

「頼む、見なかったことにしてくれ」

「ど、どうしてですか？　別に、悪いことではありませんよ？」

「俺は父上のように民を安心させる辺境伯になると誓ったのだ。弱さや軟弱なところを見せてはいけない。父上は俺にだってそんな姿を見せなかった」

彼はそう言ってぐったりと肩を落とした。確かにその様子は今までの頼りになる領主の姿から少しだけ外れていて、年相応に見える。

じゃ、じゃあ今までずっとクロを撫でたくて仕方なかったけど……我慢していたってこと？

もちろん私にとっては年上の方だけど……なんというか。

さっきのクロに見せていた笑顔こそが彼の素顔だと思うと、私はふと呟いてしまう。

「……私はシュラウド様がクロを愛《め》でているお姿を可愛いなと思いましたよ」

「か!?　な、何を言って……」

「ずっと肩に力を入れずとも良いと思います。さっきのシュラウド様はとても可愛くて、なんだか安心できました。私はそんなシュラウド様の方がいいです」

私に気付いて足元にやってきたクロを抱き上げ、シュラウド様の近くに寄る。

クロは私のやりたいことを即座に理解したのか、てろんと体を伸ばしきっていて非常に可愛い。

そんなクロの肉球をてしっとシュラウド様の手に載せた。

「私と、クロの前では素直になってください、そっちの方が安心します」

「……君は……」

彼はゆっくりとクロの手を取って、ふにふにと優しく触れた。それから表情を緩めると、クロの頭を優しく撫でる。面映《おもは》ゆいのか耳元が赤くなったのが、やっぱり可愛らしい。

「これは二人の秘密だ。誰にも言うな」

「はい……秘密、ですね」

「あぁ……秘密だ、君も、俺も」

彼はそう呟きながら和やかな笑みを浮かべた。

その笑みを直視すると、私の心臓はドキドキと高鳴った。この気持ちはなんだろう。

疑問の答えは分からないまま、彼は秘密だからな、と繰り返してその場を去っていってしまった。

私も足早に研究室に戻ったのだけれど、エリーゼさんに目を丸くされてしまった。

「リーシャ、休憩は終わりにしよう……って顔が真っ赤!! 大丈夫かい!?」

「だ、大丈夫です……さ、さぁ調合に戻りましょう!!」

どうしてか恥ずかしくて、今はエリーゼさんに直視されたくなかった。顔も、今まで人形のようだとしか言われなかったのに、なんだかここにいる人たちには感情を読み取られてしまっているようだ。理由も分からないまま、心臓の鼓動が激しくなる。

私だけが知っているのかもしれないシュラウド様の秘密を知れたことが嬉しかった。

もしワガママが許されるなら、もう一度だけ二人で話して、笑顔が見たい。

この心地よく、フワフワとした感情の正体を知りたくて堪らなかった。

第三章　二人の時間

──私の願いは虚しく、それから彼の笑顔を見れていない。

仕方がない。シュラウド様は多忙で朝早くから屋敷を出て遅くに帰宅する。

私もポーション作りとその授業が忙しくて、お互いに話す時間は皆無だった。

その後、幸いにも魔獣からの襲撃は起きていないけれど毎日ある程度のけが人は出るため、医療テントと研究室を行き来する日々が続いた。

そんなこんなで数週間が経ち、だんだんシュラウド様と二人で話したいと思う気持ちが強くなっていく。

ついつい、彼のことを考えては悶々としてしまうのだ。

そんな今日はエリーゼさんの気遣いで、ここに来て初めてのお休みをいただいた。だから今日こそと思ったけれど、シュラウド様は忙しそうにルーカスさんと話している。

朝食をとりながら、私は横目で二人の様子を窺《うかが》っていた。

「旦那様、ルドルフ陛下より書簡が届いております」

「陛下からとは珍しいな」

このレーウィン王国を統《す》べる国王からの書簡にもかかわらず、シュラウド様は町の誰かから林檎を受け取るのと同じぐらい気軽に重厚な封筒を手に取った。

陛下からのお手紙とはどのような内容なのだろう。

罪悪感を覚えつつも、好奇心に勝てずに聞き耳を立てる。

するとシュラウド様の苦い声が聞こえてきた。

「第一王子であるケインズ殿下の二十歳となる誕生祝いの宴に出席してほしい、だと？　……本当に陛下からか？　そんなくだらぬことを頼む方ではないはずだが」

「確かに玉璽《ぎょくじ》は押されておりますが……」

「陛下は余程の有事でなければ俺を招集などしない。大方、ケインズ殿下が玉璽《ぎょくじ》を使って書簡を送ったのだろう。自身の祝いの場に人を集めて立場を誇示したいのだろうが……くだらない」

そう言うと、シュラウド様は抜き出した手紙を封筒に戻し、ルーカスさんに手渡した。

「不参加だと伝えておきますか？」

「あぁ……本当に陛下からだった場合は申し訳ないが、ケインズ殿下には悪い噂しか聞かない。素行が悪く、王家の近衛騎士団を私的に利用していると聞く。まだ噂の域を出ないが、火のない所に煙は立たない。俺を招集するのなら身辺の信頼を勝ち取ってからにせよと伝えてくれ」

「承知いたしました。なるべく穏当な形でお伝えさせていただきますね」

相手が王子殿下であってもシュラウド様はまったく臆さない。コーヒーを飲みつつ、王家からの招待でさえ毅然と断る姿に内心驚愕する。

しかし、表面上は聞いていない振りでやり過ごす。

——表情が顔に出にくい体質でよかった。それにお仕事がお忙しいのに邪魔したらいけないもの。

そう思いつつ、朝食に出していただいたケーキを口に運んだ。その美味しさに思わず頬を押さえると、シュラウド様の視線が突然こちらを向いた。

「甘い物は好きか？　美味しそうに食べているな」

「——っ、す、好きです」

「そうか……ルーカス。もう少し出してやってくれ」

ルーカスさんは頷き、奥にケーキを取りに行ってくれた。

久々に二人だけとなり、気まずい沈黙が流れる。

話しかけてくれて嬉しい気持ちと、もっと話題を広げないといけないと焦ってしまう気持ち。

焦れば焦る程に言葉が出てこない……

あたふたとしていると彼が話しかけてくれた。

「……最近ずっと、考えていた」

「考えていた？　辺境伯領のことですか？」

「違う、君のことを考えていた。……何故か分からないがもう一度、二人で話したいと思っていたんだ。気付けば君を目で追って、ずっと話す機会を窺っていた」

ずっと……。彼も同じ気持ちを持ってくれていたことに胸がざわめく。

「私も……シュラウド様と二人で話したいと思っていました」

「そうか！　しかし……何故か緊張してしまうな、話すとなると言葉に詰まる。話題を広げないといけないと思えば思う程に焦ってしまう」

「――っ！　私も、同じです」

嬉しさから言葉を切るように返した私に、彼は小さく笑った。

「同じ気持ちなら安心だな。さて……何を話したものか」

緑色の瞳が柔らかく細められ、シュラウド様の端正な顔がぱっと華やぐ。

笑顔をまた見ることができた……

彼の微笑に緊張していた心が安らぎ、自然と聞きたいことが私の唇からこぼれた。

「よければシュラウド様が小さかった頃の話を聞かせてくださいませんか？」

「俺の？　これといって面白い話なんてないぞ」

「私はシュラウド様の辺境伯様としてのお顔しか知りませんから」

「照れくさいな。これも秘密にしておいてくれ」

気恥ずかしそうな彼の姿から目が離せない。シュラウド様は私の反応に苦笑しつつ、頬を掻きながら話し始めた。

「子供の頃はこうしてケーキを食べるのが好きだった。特に好きなのが色鮮やかな苺の載ったケーキだな。ああ、そうだ。食べすぎてはいけないと父によく説教されたものだ。父が亡くなってからはこんなに穏やかな時間を過ごすことは減って忘れていたが……君のおかげで楽しかった頃を思い出せたよ」

「そんな！」

父親の話をする時には、またシュラウド様は少しだけ幼い表情を見せてくれた。はにかむように笑い、過去を描写する姿は辺境伯として活躍する時には見られない。だからこそ誰も知らないだろう彼を知れるのが嬉しい。

「リーシャはどうだ？」

そんな風に話を向けられて一瞬返事が出来なかった。ただ、シュラウド様の優しい視線を向けられているうちに、私の頭の中に眠っていた幸せだった頃の記憶がほろほろと溢れていく。

「私は……お母様が作ってくれたケーキが好きでした。優しい味がして……」

妹や父によって暗い場所に押し込められていた幸福な記憶。

思い出せばこんなに楽しい記憶もあったのだ。

その後も、最初のぎこちなさは何処《どこ》へ行ってしまったのか、私たちは子供の頃のお話や最近の出来事を話し続けた。こんなに楽しい時間は初めてだった。

「一度だけ、どうしても我慢できなくてクッキーを盗み食いした日もあったな。父にあっさりと見つかって、陽が落ちるまでこってり絞られて大泣きもした」

「ふふ……す、すみません。やっぱり可愛いですね、シュラウド様」

「からかっていないか？　リーシャ」

「だ、だって……あ、あはは」

笑い声を上げてしまって、思わず目を瞬《しばた》かせた。

こんなに心の底から笑うことができるなんて。

何故かシュラウド様と一緒にいると安心して、クランリッヒ邸では押し殺していた感情が溢れ出してしまう。今までほとんど動いたことのない顔の筋肉が動いてちょっぴり痛い。

慌てて顔を押さえると、シュラウド様がじっとこちらを見つめていた。

「ご、ごめんなさい……笑いすぎましたか？」

「いや違う。――むしろ、もっと笑ってほしいと思った」

シュラウド様は立ち上がると私の頬に優しく手を当てた。翡翠《ひすい》色の瞳に見つめられると顔が熱くなって、顔を逸らしてしまう。

そんな私を見て、シュラウド様はまた柔らかく微笑んだ。

「こうして自覚してしまうと難しいな。君を手放したくないし、少しでも長く話していたい」

「な、何を……言って……」

突然の言葉に胸が高鳴る。

質問をしようとしたが、その時ちょうどルーカスさんがお代わりのケーキを持ってきてくれた。

慌てて顔を押さえると、温かな手が私の頭に載った。

「さあ、ケーキのお代わりが来たようだ。俺が帰ったら、またゆっくり話そう。今日からは絶対に二人の時間を作ると約束する」

「へ⁉」

「先に行く、また夜に」

そっと頭を撫でる彼の手はくすぐったくて、私の頬はまた熱くなる。

夢でも見ているかのような浮遊感と、ドキドキと脈打つ鼓動。

——この気持ちは一体なんなの？　私はどうしてしまったの？

分かっていることが一つだけあった。今日の夜にと言ってくれたその時間が待ち遠しい。

ふわふわとした気持ちで食べたケーキは、今まで食べた何よりも甘く感じた。


その日から、シュラウド様の私への接し方が変わった。

夜になると二人の時間を作ってくれて、私たちはその日の出来事や過去の思い出を語り合うようになった。

二人で過ごす時間だけは見せてくれる、屈託のない笑顔に見惚れてしまう。

私だけが知っているシュラウド様の笑顔を見ていると何故か頬が熱くなって心地がいい。

そして大きく変わったことがもう一つある。

「待たせたな、リーシャ」

「いえ、私も今終わったところです」

研究室から降りると、シュラウド様が私を待っていてくれるようになったのだ。日が暮れて、辺りが暗くなった中で迎えに来てくれた彼が私を見て唇をほころばせる。

彼の隣を歩くと、暗い夜道がちっとも怖くない。

いつものように足元に寄り添うクロと共に、シュラウド様と並び歩く。

「シュラウド様は優しいですね、お忙しいのに……毎日迎えに来てくださって」

「君と少しでも長く一緒にいたいからな」

さらりと微笑まれて、また胸が高鳴る。その時だった。

「お!!　シュラウド様にリーシャちゃんだ!!」

声が聞こえた瞬間にシュラウド様の笑みが消えて、辺境伯様としての顔に戻る。

「ダンノ、どうした？」

「おっと……二人ともお帰りですか？」

声をかけてきた兵士は酔っているのか、足元がおぼつかない。

こういった光景は珍しいことではないが、このまま夜道を歩かせるのは少し心配だ。

「気を付けてくださいね、少し酔いすぎですよ」

「おぉ……リーシャちゃんは優しいな〜〜。俺は大丈夫だよ、いつもありがとうな」

大丈夫と言いつつ……彼は千鳥足で私にもたれかかるように倒れてきてしまう。

咄嗟に彼を手で支えようとした時だった。

——ぶつかりそうな寸前でシュラウド様の腕が間に入って、私たちの衝突を避けてくれた。

「……酒は飲みすぎるな。俺もよく言っていたはずだが？」

シュラウド様は薄く笑みを浮かべるが目が笑っていないのが薄暗闇の中でも何故か分かる。

兵士にもそれは伝わったのだろう。

「す!!　すみません!!　シュラウド様!!」

酔いが一瞬にして醒めた様子で、兵士は敬礼して去ってしまった。その背を見送って、シュラウド様が苛立たしげに足踏みをする。

明日どうしてくれようか、という不穏な呟きに私は慌ててシュラウド様の袖を引いた。

「あの……悪気はなかったはずですから」

「……分かっている、鍛錬の追加だけで済ませるつもりだ」

あの兵士の方にはご愁傷様ですと心の中で呟くしかできそうにない。

まぁ……これで少しはお酒を控えてくれた方が彼のためにはなるだろう。

そう思っていると、シュラウド様は私の近くへと身体を寄せた。

「やはり夜道は危険が多いな」

そう言ってシュラウド様が指を絡めるようにして、私と手を繋ぐ。

ギュッと力が込められると、温かく心地よい感触が手のひらから伝わってきた。

「だから今日からこれで帰る……いいか？」

思考がぐるぐるとして冷静でいられないまま、頷く。

この感情は一体なんなのだろうか、心臓ははち切れそうな程にドキドキとする。

繋いだ手は心地よくて、二度と離したくないと思える程に私の心に安らぎをくれる。

「ずっと……こうしていたいぐらいです」

……思わず心の声がこぼれてしまい、口を押さえる。

慌てて発言を取り消そうと思ったが、彼は赤面した顔を押さえながら、さらにきゅっと手を強く握ってくれた。

「君が望むなら、いつでもしてやるさ」

その言葉に心がポカポカとして頬が緩んでしまう。でも恥ずかしくて顔が見られない。この辺境伯領にやってきてからずっと感情の動きが激しすぎて、胸が痛くなりそうだ。

これも……屋敷に閉じ込められて、人と関わってこなかった弊害かもしれない。

でも、彼がこうして手を繋いでくれるのは私が薬師だからとか、危なっかしいだとかの理由ではないと思いたくなってしまう。

ずっと……この時間が続いてほしい。

何も考えず、他愛のない会話を交わして歩く、この時間こそが何よりも大切だ。

「明日もこうしていいだろうか？」

ぎこちなくシュラウド様に聞かれる。今の感情に名前を付けるのが怖いまま私は曖昧に微笑んだ。

第四章　感情の正体

次の日の朝、起きた瞬間から私はほわほわと夢見心地だった。

シュラウド様は屋敷に帰った後も手を繋いでいてくれたし、日課となった二人の時間でも隣に座って手を握ってくれていた。

彼との距離の近さにドキドキするだけでなく、近くにいるとふわりと香る彼の匂いや笑顔、囁かれる低い声を思い出す度に動悸が止まらなくて、顔の熱が朝になっても冷めない。

「ど、どんな顔で挨拶すればいいんだろう……」

鏡を見れば、頬が赤く染まった自分自身の顔が目に入り、頬を押さえる。

そのままジッとしているわけにもいかないのでリビングへと向かったけれど、いつも座っているはずのシュラウド様はいない。

コーヒーの湯気を漂わせて、私に朝の挨拶をくれる彼がいない食卓に寂しさを感じる。

いつでも彼に会いたいと思ってしまう私はどんどんワガママになっているのかもしれない。

そんなことを考えていると、ルーカスさんがやってきた。

「おはようございます、リーシャ様」

いつも通りに朝食をそろえてくれるのだが、何処《どこ》か違和感がある。

いつも柔和な表情を浮かべているはずのルーカスさんの表情が硬いのだ。

「ルーカスさん、何かありましたか？」

――シュラウド様の不在、そしてルーカスさんの様子のおかしさ。

それらに思わず問いかけると、ルーカスさんが紅茶を注ぐ手をピタリと止めた。そのままこちらを見ようともしない姿に、確信が深まる。

何かあったのだ。

「教えてください。……シュラウド様は何処《どこ》に？」

私が問いかけると、ルーカスさんは何度か視線を往復させてからようやく私を見た。

それから重たい口を開く。

「つい先程、魔獣が群れを作り防壁へと向かっていると報告があり、旦那様自ら防衛に向かわれると。大きな物ではないため、リーシャ様を起こすなと指示があったので――」

思わず、言葉の途中で駆け出していた。

……ここは辺境伯領だ。安全な場所ではない、こんな日がいつかは来ると分かっていたのに。

何をのほほんとしていたんだろう。

「お待ちください！　リーシャ様！」

ルーカスさんの声を置き去りにして二階に上がり、私は残り少なくなっていたポーションの小瓶を無理やりポケットに詰め込んで走る。

まだ間に合うだろうか？

必死に走っていくと、馬と兵士たちが防壁外に出るための門の前に並んでいるのが見えた。

――まだ、出発はしていない！

「隊列を崩すな！　魔獣の数は少ないようだが、くれぐれも気は抜かずに気を引き締めよ！」

その鋭い声の元に視線を向ける。隊列の中心で兵士の方々に指示をしているシュラウド様はいつもと違って重々しい漆黒の鎧に身を包んでいて、引き締まった表情には一切の油断がない。

溢れていた感情と走っていた勢いをそのままに、私は彼に抱きついた。

「シュラウド様！」

「――っ⁉　リーシャ……どうして」

「今手元にあるだけのポーションを持ってきました。……私にもやれることがあるかもしれないのに寝てなんていられません」

「っ……すまない。今回は今までの襲撃に比べて規模が小さい。君に心配させまいと思っていたんだが、余計なことだった」

ポケットから小瓶を渡すと、シュラウド様は驚いたように目を見開いてからそれを受け取ってくれた。

首を振って、祈るようにシュラウド様の手に触れる。

「謝らないでください、これは……私のワガママです。気にしないでください」

その時、思わず抱きついてしまっていたことに気が付いて、慌てて下がる。

はしたない真似をしてしまったことに顔が熱くなる。

するとシュラウド様はいっそう表情を和《やわ》らげてから、私を見つめた。

「……手を出してくれリーシャ」

言われた通りに彼に手を差し出すと、シュラウド様が私の手の甲にそっと口付けた。

突然の行為に、思わず身をすくませる。

「な、何を……」

「ここでは、こうやって大切な相手に必ず帰ると誓うんだ」

ほら、と言われて見渡すと、同じ行為をしている兵士たちが幾人もいた。

残る者はその口付けが行われた後は、心配を見せずに笑顔で送り出すのが風習なのだという。

その中にはエリーゼさんもおり、一人の男性から手の甲に口付けを受けた後、顔を赤くしてその男性に抱きついている……その表情に私は覚えがあった。

あの表情やはにかむ笑顔はよく知っている。

今、シュラウド様が目の前で浮かべている表情だ。

「シュラウド様、私はあなたの大切な相手になれているのでしょうか？」

「当たり前のことを言うな」

そう言ってシュラウド様は頭を撫でてくれる。その手の温もりに今まで肩に入っていた力がふっと抜けた。

「――ご無事で。待っていますから」

私はエリーゼさんやそのほかの女性たちと同じような笑みになるように口元に力を込める。

すると思ったよりも簡単に、私の表情は上手く動いてくれた。

シュラウド様が一瞬驚いたように目を見開き、もう一度私の頭に手を載せてくれた。

「すぐ帰るさ、二人の時間が楽しみだからな」

ポンポンと頭を優しく叩いた彼は、兵士の方々を引き連れて防壁の外へと向かう。

重々しく閉じられている鉄製の門がゆっくりと開いていき、外の風が領内へと吹いてくる。

私を追って足元にやって来ていたクロを抱きかかえながら、手を振って送り出す。

彼は私を馬上から見つめた後に笑みを浮かべ、手を振り上げた。

同時に馬に跨《またが》った兵士達が砂塵と共に駆け出した。蹄が地面を叩き、大地を揺らす。やがて地鳴りは遠ざかり、防壁の門が再び閉じられる。

私は薬師としての仕事は出来るけれど、兵士たちについていくことは出来ない。足が速く、力の強い魔獣たちの前では私は足手まといになってしまいかねないからだ。

そのことがもどかしい。

もう一度、ぎゅっと手を握り締めると、隣に立った誰かがそっとその手を包み込んだ。

「心配だろう？」

「エリーゼさん……」

「大切な人を失うのは怖いし、本心では行ってほしくなんてない。私もそうだよ」

たくましく、いつも快活に笑うエリーゼさんでもそうなのか、と私は顔を上げた。

「私も、そうです。先程の男性は？」

「あぁ、旦那だよ。ここで知り合ってね」

そっけなく言いつつも、エリーゼさんの顔はほんのりと赤い。

その表情を追いかけるように、私は続けて聞いた。

「あの、お聞きしたいことがあるのです。エリーゼさんはあの方をどう思っているのですか？」

私の質問にキョトンとしたエリーゼさんだったけど、何かに納得した様子で微笑んだ。

「好きだよ。……大切でずっと一緒にいたいって思う」

「す……き……ですか」

その返事は分かっていたけれど、上手く心の中に落ちてこない。

私の戸惑いに気が付いたように、エリーゼさんは私の手をぎゅっと握ってくれた。

「リーシャはシュラウド様についてどう思っているの？」

「分からないです。でも……離れていると寂しくて、会いたいって気持ちが我慢できません。彼の迷惑になってしまうので言えないですが、本当はずっと一緒にいたい」

「ふふふ、初々《ういうい》しいね。……心配しなくてもあの方は迷惑なんて思わないよ。むしろ帰ってきたら素直に今の気持ちを伝えてみれば？」

「で、出来ませんよ……お忙しい方ですし」

「そのお忙しいシュラウド様が毎日あなたに会いに来る意味もきっと分かるわよ」

素直に気持ちを伝えるのは恥ずかしいけど、知りたかった。

私のワガママを伝えて彼がどう答えてくれるのかを。

「エ、エリーゼさん……覚悟を決めました、シュラウド様に言ってみます」

「うん、きっとそれがいいよ」

エリーゼさんが肩を叩いてくれる。そして私の足に頭をこすりつけたクロが応援してくれるように小さく鳴いた。

次に二人の時間が出来た時には素直に伝えよう、この気持ちや思いを……

既に緊張して、頬が熱く火照ってしまうけれどきっと言えるはず。

エリーゼさんもクロも応援してくれているのだから。

けど、今は一旦……気持ちを落ち着かせたい。

「エリーゼさん、ポーションの製作に行きましょう。今は手を動かしておきたいです」

私は火照った顔を冷ますためにとりあえず、集中できる作業を行うことにした。

それでも鼓動はうるさいぐらいにドキドキしていたけれど。

◆◇◆

窓から夕陽が差し込んできて、ずいぶんと長い時間が過ぎたことを知る。

今日、残りのポーションを渡してしまったからちょうどよかった。また何本か新たに作ることが出来たポーションを見つめてホッとする。

手を止めるまでは集中できていたけど、手を止めた瞬間にいつシュラウド様が帰ってくるか分からない状況に気が付いて、手からガラス容器を落としそうになった。

その時突然、カンカンと鐘の音が鳴り響いた。

身をすくませると、真っ先にエリーゼさんが顔を上げる。

「帰ってきたみたいだ」

この音は帰還の合図のようだ。見張り番の人が、遠征に行った兵士たちをいち早く見つけて鐘を鳴らしてくれるのだと、エリーゼさんが教えをくれる。

「さあ、リーシャ行こう」

「は、はい……！」

エリーゼさんに連れられて、早足で門へと駆けていく。ちらりと横目で見ると、さっきまで朗らかに笑っていたエリーゼさんの顔がわずかに青かった。気丈に振る舞っていたけど、その表情を見れば心配していたことがよく分かる。

防壁の門が開くと、戻った兵士の方々が次々と現れた。

その先頭でシュラウド様が辺境伯としての笑顔を浮かべて皆を安心させているようだ。

兵士の方々を見ると、軽傷を負っている方はいても、重傷者はいないようでホッとする。

気が付くとエリーゼさんも駆け出し、口付けを受けていた男性に泣いて抱きついていた。

私も行くべきなんだろうけど……

「リーシャ！」

二の足を踏んでいると、シュラウド様が快活な笑みを浮かべ、手を振ってくれる。

しかし彼の周りには大勢の人々がおり、指示を待っている様子だ。

辺境伯としての仕事はまだ終わっていないようだし、私が邪魔をしてはいけない。そう思って足を止めると、彼は視線だけ向けて「後で」と口だけを動かした。

その気遣いが嬉しくて、私は頷き医療テントへと戻ることにした。

無事に帰ってきてくれて、後でとも言ってくれた……。なら、後少し待つぐらい苦じゃない。

「エリーゼさん、私医療テントに行きますね」

こっそり告げて走り出すと、エリーゼさんが驚いた表情でこちらを見る。

「シュラウド様はいいの？」

「今はお仕事中ですから！　私はやるべきことをこなします！」

重傷者はいなかったようだけど、怪我人の一人や二人は必ず出ているだろう。

そう思って医療テントへと入り、後をついてきてくれたエリーゼさんと私はふっと息を吐く。

いつの間にやってきたのか、寝台の一つに男性が寝転んで手を振っていたのだ。

「お～～遅いぜ、怪我したから診てほしいんだよ」

「はぁ……誰かと思えばバッカスかい」

バッカスさんは、初日に私がポーションを飲ませた男性だ。何かと理由を付けて医療テントへとよくやってくる。

エリーゼさんはベッドを占領するバッカスさんを見て、目を吊り上げた。

「バッカス、またあんたは……」

「いや！　いや！　今回は本当に怪我したの！　見てくれよ！」

そう言ってバッカスさんが手をこちらにかざす。確かに手に怪我をしているようだが、見たところかすり傷だ。彼はそれを私たちに見せながら、わざとらしくぶるっと体を震わせた。

「さっきの遠征で魔獣が突然襲い掛かってきてよ。俺が咄嗟に辺境伯様を守るために――」

「へ～～私はバッカスがまた魔獣から逃げ出して転んだって聞いたけどね」

「ま、まぁそう見えたかもしれないが、見方の問題だよ！　俺がそれで魔獣の気を引いたの！」

「相変わらず口だけは達者だね、とりあえず応急処置はしてあげてくれるかい？　リーシャ」

「リーシャちゃんなら分かってくれるよな⁉」

「魔獣って怖いですし……仕方がないですよ。いつもありがとうございます」

「うっ……信じてはくれないのね」

バッカスさんがしょんぼりと肩を落としたのに苦笑しつつ、私は消毒のための薬液をそっと取り出した。

一度だけ兵士たちが運んできた魔獣の死体を見たことがあるけれど、異質な生物だった。姿形は狼や猪のようだったけど、牙や爪が鋭利に伸びていて、漆黒の体毛は一切の光を受け付けない。不気味すぎて見ているだけで身体が震えてしまうほどだ。あれに立ち向かうなんて私には無理だ。

だから、そんな魔獣たちに立ち向かうバッカスさんは本当にすごい。

「私なら生きて帰ってこられないと思うので、バッカスさんが無事に帰ってきてくださって嬉しいですよ」

「――ふ、ふっふっふ、やっぱりリーシャちゃんはやさし……、ぐぇっ」

私に抱き着きそうになったバッカスさんの首根っこをエリーゼさんがひょいと掴んで戻し、腕組みをした。

「甘やかしちゃだめよ、バッカスも手当てが済んだら仕事に戻りな」

「ま、まぁ聞いてくれよ‼　朗報も持ってきたからさ！」

「朗報ですか？」

首を傾げて問いかけた私にバッカスさんは嬉々として話し始めた。

「そうそう、今回は防壁外の調査も行ったんだ。リーシャちゃんは初めて聞くかな？　定期的に防壁近辺の魔獣の数を調査して大きな群れになる前に駆除に向かうんだが、なんと今回は辺境伯様が対応した小さな群れ以外、魔獣は一体しか見つからなかった！」

どういうことだろう？

バッカスさんの言いたいことがよく分からず首を傾げると、彼は嬉しそうに微笑んだ。

「つまりだな、辺境防壁周辺に生息していた魔獣が減っているのさ！」

「そういえばシュラウド様も今回の襲撃は魔獣の数が少なかったと言っていたね」

「だろう？　エリーゼならこれがどれだけ珍しいか分かるはずだ」

「まぁ……確かに事実ならかなりの朗報だね」

二人の会話に思わず声を上げた。

「魔獣が減るのは珍しいことなのですか？」

「珍しいも何も初めてだぜ、魔獣は年々増加していたんだから」

「リーシャが来る前は魔獣の数を減らすために外に出ることも多くて、魔獣の襲撃も度々起こっていたけど。今回はかなり久々で……。そういえば、ここまで静かな日が続いたのは初めてだよ。ポーションのおかげで怪我人も居ないしね」

「そうそう、リーシャちゃんが来る前は毎日のように怪我人が押し寄せて、ここは唸り声や呻き声が聞こえて近寄れなかったな。今は安心してサボりに来れるけど」

「バッカス……」

睨むエリーゼさんにバッカスさんは焦ったように視線を逸らす。

二人の問答を聞いていると私はふと思い出した。

そういえばお母様が似た話をしていた気がする。

寝る前にお母様はよく色々な話をしてくれていた。……どれも空想のようなものだ。

銀龍と出会っただとか、昔は王様を連れまわして遊んでいたなど嘘だと分かる話。

でもその中に不思議と今の状況と当てはまる、とあるお話があった。

「そういえば、魔獣と人間には深い関わりがあると、お母様から聞いたような……」

「リーシャのお母様……、ポーション製作の発案者ね？」

「そうです。お母様は、魔獣が人間の不安や悲しみから生み出されたと言っていました。だからこの世界に悲しみが溢れたら魔獣が増えるんだって。でも人が幸せになればその分、数は減っていく、と」

それもあってお母様はポーションを作ろうとしていた。おとぎ話のようだけど、今の状況にピタリとはまっている。

それを聞いたバッカスさんが納得したように頷いた。

「なるほど……リーシャちゃんが、ポーションでこの辺境伯領を安心できるようにしてくれたから、その影響で周囲の魔獣が減っている……？」

「迷信だと思いますが、今の状況に似ているので少し気になって……でもただの偶然という可能性の方が大きいです。忘れてください」

まるで、今の状況が私の手柄だと言っているように聞こえそうで慌てて否定する。

しかし、そこに別の声が割り込んだ。

「いや、俺はそうは思わない」

「シュラウド様⁉」

振り返るとシュラウド様がテントに入ってきていた。

バッカスさんが慌てて敬礼をする。シュラウド様は軽く頷いて彼に視線を向ける。

「バッカス、無事で何よりだ。それに良い話が聞けた」

そう言ってから、私を見つめるシュラウド様に慌てて首を横に振る。

「シュラウド様、お忘れください……確証のある話ではありません」

「俺は今の話は真実だと思っている。間違いなく今の状況は君の功績だ」

「な、何を言っているのですか」と慌てて首を振るが、シュラウド様は真剣な顔で私の手を取った。

「実際、君が多くの者を救ってくれたおかげで、辺境領には久しく無かった平穏な日々が続いている。これは事実だ」

「そんな……私は……」

「謙遜《けんそん》するな、君が成し遂げたのは歴史に名を残す偉業だ」

誰かに労わってもらうことがむずがゆく、面映《おもは》ゆい。ふるふると無言で首を振ると、シュラウド様は苦笑して私の頭にぽんと手を載せた。

「ポーションを作り出すまでの苦労はきっと俺たちの想像以上だっただろう。だから報われていい、信じていい。魔獣が減ったのは確かに君が覚悟と信念を持って作ったポーションのおかげだ」

「ありがとう」と言って、優しく頭を撫でるシュラウド様の手はとても温かい。

そんなことを言われたら、我慢していた感情がこぼれて止められなくなってしまう。

お母様の遺したものだからポーションを作っていたけど、使い道なんてないと思っていた。けど、あなたは私に正しいポーションの使い道を作ってくれて……こんなに嬉しい言葉をくれる。

――感謝したいのは私の方だ。

自然と涙がこぼれてしまう。

だめだ、泣いている姿なんて見てほしくないのに、嬉しくて堪らない。

「あ、ありがとう……ありがとうございます……」

「エリーゼ、バッカス……すまないが外してくれるか？」

「もちろんです、シュラウド様!!　行くよ、バッカス!!」

「あ、あぁ……俺も感謝しているぜ、今でも家族と暮らせるのはリーシャちゃんのおかげだからな。ありがとな!!」

医療テントから出ていく二人に感謝したい。

抑えの利かなくなった涙で今の顔はきっとぐしゃぐしゃだから。

でもシュラウド様はそんな私にハンカチを差し出してくれる。

初めて会った時のように、シュラウド様は刺繍の入った高級そうなハンカチをためらいもなく私にわたしてくれる。

「シュラウド様は……優しいです。私は返しきれない恩をたくさんもらっていて、返せません」

「もう、充分に返してもらっている」

彼の声を聞きながらハンカチで目元を覆う。今なら本音を話せそうだった。

「ずっと、ポーションには使い道なんてないと思っていました。お母様はこの薬で安心できる世界を作れると言っていたけど、私はそんなの無理で、金儲けのために使われるだけだって思ってた。だからポーションなんて無駄だって」

タガが外れたように本音がこぼれる。

シュラウド様には私の全てを知っていてほしかった。

「私にはお母様のような立派な夢なんてありません。ポーションが唯一の生きる意味だったから作っていただけ……覚悟や信念なんてなくて、人を助けたいなんて思っておりませんでした。私は皆さんに感謝されるような人間じゃないです」

しかし「違うな」とシュラウド様は呟いて私の頭を撫でた。

「君は自分が思う以上に母親に似ていると思うぞ、俺の止血を躊躇《ためら》わずしてくれたのは誰だ？」

「あ、あれは……成り行きで――」

「辺境伯領に着いて真っ先に重傷者の所に行かせてくれと言ったのは誰だ？　薬師として立ち上がってくれたのは君だ。俺は命令なんてしていない……君自身が誰かを救いたくて立ち上がったはずだ」

涙交じりの瞳で顔を上げると、シュラウド様は微笑んで、私の頭をわしゃわしゃと撫でてくれる。

「卑下するな、君自身の想いで救われた人間は数多い。感謝されるような人間じゃない？　そんな訳がない……俺は感謝しかしていないぞ？　辺境伯として張り詰めて限界だった俺を支えてくれたのは間違いなく君だ」

あぁ……何故あなたはそこまで優しいの？　どうして温かい言葉をくれるの？

そんなことを言われたら……この心の中の想いが我慢できない程に溢れて、止められない。

「シュラウド様……」

顔を上げると、彼の指が目元の涙を拭ってくれる。

その温もりに勇気づけられるように、シュラウド様を見つめた。

「私は、もっとあなたと話したいです。ずっと一緒に居たくて離れたくない。もっと触れていたくて触れてほしい……私を知ってほしくて、あなたを知りたい」

もう恥ずかしいなんて思わない。

まっすぐにシュラウド様の顔を見つめて言い切ると、シュラウド様は優しく微笑んで私に触れた。

「俺もそう思っている……リーシャ」

「この感情が分からないのです、教えてくださいシュラウド様、私は一体……」

「分からないか？」

触れ合いながら、彼の顔が近くなってお互いの吐息が聞こえる。

赤くなり、熱くなった彼の頬に触れながら頭の中で記憶が蘇る。……この赤く染まって私を見つめる表情は、エリーゼさんが男性と一緒にいた時と同じ。

あぁそうか……やっと、やっと分かった。

好きなのだ。

シュラウド様、私はどうしようもないぐらいにあなたが大好きになっている。

そして……それはきっとあなたも。

「やっと分かりました……シュラウド様」

彼の吐息の熱が伝わってくる、お互いの口元はもう紙一重の距離で、見つめ合う視線から恥じらいを感じて私はそっと目を閉じる。

するりと彼のもう片方の手が私の首元を抑えて、頬に触れる指先が優しく撫でた。

頬に触れる指先に私の手を重ね、指先を絡ませていく。

愛してくれることが嬉しくて、私もそれを全て受け入れて――

しかし、彼の唇が私に触れようとした瞬間、脳裏に痛みが走った。

――ねぇ、お姉様、理解してね？　その身体を受け入れてくれる人なんていないよ？　そんな醜《みにく》いモノを見てしまえば……きっと皆があなたを嫌いになるわ。

「っ⁉」

よぎったのはマディソンの言葉だ。こびりついた記憶が蘇り、思わず彼から離れてしまう。

同時に背中が酷く痛んだ。

「リ……リーシャ？」

「ご……ごめんなさい、ごめんなさい」

「どうした、何故謝る」

思い出してしまった。彼と過ごしている時間が楽しくて考えないようにしていたのに……現実からいくら目を逸らしても逃れられない、どうしようもない鎖が私を縛る。

「私には愛される資格なんてありません、この気持ちは忘れます。だから、シュラウド様も――」

「どうした？　何があった……リーシャ」

「ごめんなさい！」

彼の顔を見られずに、医療テントを走り出る。

あぁ……私は最低だ、離れたくない、ずっと彼と触れ合っていたかったのに。

それでもマディソンの言葉が脳裏から離れず、彼から離れろと伝えてくる。私が辛《つら》くなる前に離れろと、嫌われてしまう前に逃げろと頭の中で命令してくるのだ。

――この身体のことを彼に正直に話す勇気なんてない。

これを見せて拒絶されてしまえば……私は耐えられない。

◆◇◆

走り続けて、屋敷の明かりが見えてきた。

領主であるシュラウド様にあんな酷いことをしてしまったのだから、この屋敷にはもう住めない。

ルーカスさんには突然無理を言ってしまうが、屋敷から出ていこう……それが一番だ。

零れ落ちる涙を拭いて心に決めた時、何かが聞こえた。

「……――!!」

「――!?」

誰かが言い合っているようだ。屋敷から?

近づくと聞き覚えのある声がヒステリックに叫んでいた。

「だから!! 私はシュラウド様の妻になる女なの、いいから屋敷に入れなさいよ!」

「認められません」

「はぁ〜、話にならないわ! グズな執事ね!」

忘れるはずもない、妹のマディソンの声だ。

彼女の後ろでは、数人の男たちがルーカスさんに詰め寄って扉を開けろと脅している。

マディソンの怒り交じりの叫び声を聞いただけで、過去の日々が蘇った。

思わず後ろへ下がると、足元に転がっていた木の枝を踏んでしまい、枝の折れる音が響く。

身を隠す暇もなく、振り返ったマディソンと目が合ってしまった。

「あら? お姉様……お久しぶりです」

ニンマリと卑しい笑みを浮かべた彼女はゆっくりと手を広げて、こちらに詰め寄る。

まるで玩具を見つけた子供のようだ。

「マ、マディソン……何しに来たの？」

「何しに来たって？　シュラウド様の妻となる私がここに来てはいけないのかしら？」

あまりにも思い上がった言葉に、つい反発の言葉が口をついた。

「シュラウド様はあなたを選んでいないわ」

私の言葉にマディソンがキッと睨みを利かせた。

「何言ってるのよ、前はきっと私の魅力に気付かなかっただけ。そうでなければお姉様なんて選ばれるはずもないじゃない」

「彼は隣にいる相手を美貌で選ぶ方ではありません、お忙しい方です。あなたの相手は出来ません」

「何？　調子に乗って妻気取り？　うっとうしいわ。お姉様がそんな生意気だったなんて」

「私はシュラウド様の妻ではありません。ここへは薬師として呼んでいただきました」

「あっははは!!　薄気味悪いあんたが作った薬？　病気にでもなっちゃいそうね」

そう言って私の頬を叩くマディソンに追従するように、周囲の男たちが笑い声を上げる。久しく忘れていた嫌な視線の数々に、背筋が粟立った。

息苦しくて、吐き気がするような嫌悪感。

「マディソン……帰ってください……」

「無理よ、帰らない。シュラウド様は私を選んでくれるはずだから」

「彼があなたを選ぶことなんてありません、怒らせるだけっ……!?」

マディソンは不意に私の髪を掴んだ。

「もう我慢できない！　調子に乗らないでよ！　選ばれるのは私だって言っているの！」

「や、やめてっ!!　放して!!」

「何をしているのですか!?」

男たちと話していたルーカスさんが私の叫び声を聞いて、飛び出そうとする。

それに気が付いたマディソンは男たちに鋭く指示を飛ばした。

「あの老人は近づけないでよね？　楽しんでいるんだから」

「仰せのままに、聖女様」

マディソンの言葉に下卑た笑みを浮かべた男たちが身体を押さえ込んだせいで、ルーカスさんが伸ばしてくれた手は届かない。

マディソンは、あの屋敷にいた時のように容赦なく私の髪の毛を引っ張って顔を上げさせる。

「ねえ、クランリッヒ家の屋敷に帰ってきてくださらない？」

「――っ!?」

「シュラウド様に選ばれる自信はあるわ。でも不安は減らしておきたいのよね……気持ち悪いお姉様が再び選ばれることなんてもう二度とないと思うし、今度こそ彼は私の魅力に気付いてくれるわ。望むなら身体も捧げるもの。でもそれはお姉様には出来ないわよね？」

元からこの屋敷から出ていくつもりだった。

だけどこの領地まで出ていく気なんてなかったから、首を縦に振ることが出来ない。出来るはずがない。

だって、辺境伯領《ここ》は私の居場所だ。優しい人達と温かな日々をもう二度と手放したくはなかった。

私が答えることが出来ないでいると、マディソンは表情に苛立ちを見せる。

「いいわ。出ていかないならあんたの醜《みにく》さを、シュラウド様に伝えるだけよ」

「っ⁉　だめ……やめてマディソン……」

足が震えて、力が抜ける。

パッと髪を放されるとマディソンの足元に跪くような姿勢になってしまった。

そんな惨《みじ》めな私を見て、マディソンが笑う。

「やっと私のお姉様になってくれた。ねぇ？　じゃあさっさとクランリッヒ邸に帰りなさいよ。お姉様は誰にも愛されなくていいの。ずっと私よりも下で生きていなさい……私よりも幸せになることは許さないわ」

聖女という肩書からかけ離れた、醜悪で悦楽に満ちた笑顔。

そうだった、彼女は私が懇願をした時に、戦慄するほど恍惚とした笑みを見せるのだ。

「お姉様と違って私は聖女なの、お父様が付けてくれた護衛も私のためならなんだってしてくれる。そうね、これ以上くだらない抵抗をするならそこの老人を痛めつけてあげてもいいけど？」

その言葉に息を呑んだ。

男たちに囲まれて、荒い息を吐いているルーカスさんにこれ以上危害を加えるなんて――

私は思わず両手を握り締めた。

今私にできる最大限のことは、温かい日々を与えてくれた彼を守ることだ。

「分かりました。……クランリッヒ邸に戻ります。だから、皆さんに手を出さないで」

「それでいいわぁお姉様、それでこそ私のお姉様ね。さっさと荷物をまとめてきてくれる？」

その言葉に私は頷くことしかできなかった。


結局、私は何も変わっていない。

クランリッヒ邸に居た頃から何も成長できず、屈して生きていくしかない。

聖女の妹とただの姉……変わらないこの関係に終止符を打てたと思い上がっていた。

無気力に部屋に戻り、トランクへ荷物を詰める私は情けなくて、どうしようもない人間だ。

せめて、新しいポーションを研究室に置いていてよかった。

そう思いながら、来る時よりも少しだけ増えた荷物を引きずるように屋敷の前に戻る。

「さぁ荷物はまとめ終わったかしら？　お姉様」

「リーシャ様!!　おやめください」

「うるさい老人ね、静かにさせなさい」

ルーカスさんを押さえていた男が拳を握って振り下ろす。

「ぐふっ！」

「やめてマディソン!!　約束は守って」

「なら、さっさと屋敷に帰りなさい。グズグズしているからよ」

「分かった……」

歩き出した一歩は重くて、動かない。

ここから離れたくないと抗う本心が必死に私の足に縋《すが》りついて放さない。

本心に逆らって足を進めるのは重くて辛《つら》くて、息苦しい。

「ルーカスさん、お世話になりました。シュラウド様にもお礼とお詫びをお伝えください」

心配させないように笑顔で伝えたつもりだけど、きっと上手く笑えていないだろう。

シュラウド様と語り合った時のように素直に笑うなんて出来ない……もう二度と。

少し前までは簡単に緩めることが出来た表情が、もう強張ってしまって動かない。

マディソンは自分の乗ってきた馬車に私を乗せようとしたけど、ほんの少しだけの希望が私の足を止めた。

「私なんかに馬車は勿体ないでしょう？　歩いて、戻りますから」

「あら、自分の身分が分かってるじゃない。感心ね」

私が卑下したように言えば、マディソンはすぐに納得した。

屋敷から出ていくと決めたのに、未練がましい。でも私は恋人としてではなくても、シュラウド様と、この辺境伯領に尽くしたい。

だからほんの少しだけ時間を稼いでしまった。

真っ暗な道をゆっくりと歩いていく。

後ろからはルーカスさんの声と、マディソンの笑い声が聞こえた。

シュラウド様……私はやっぱり大した人間ではありません。

あなたの想いから逃げ出した挙句にマディソンの脅しに屈してしまう弱い人間だ。

何よりも……この身をあなたに捧げることが出来ない程に私は醜《みにく》い。

そう心では決意は決めているのに、進む足が重い。未練がましく、身体は時間を稼いでしまう。

「さよなら……シュラウド様」

そう、呟いた時だった。

「何処《どこ》に行く、リーシャ。何故荷物を持っている？」

聞きなれた声、怒気の交じる声が私を呼んだ。

俯《うつむ》いていた顔が自然と上がる。そこにいたのはシュラウド様だった。

彼の表情は見たことがない程に険しく怒りに燃えていた。鋭い眼光はまるで獣のようだ。彼の目が私を映し、顔のあたりを見て眉を顰《しか》める。

「何があった？」

マディソンにされました、などと言うこともできず、首を横に振る。しかし、シュラウド様は私を見つめて、呟いた。

「お前の帰る場所はそっちじゃない」

そう言って彼は私の手を引いて、屋敷へと歩き出す。

それからの事態は一瞬で動いた。

「——俺の屋敷で何をしている」

屋敷に辿り着くと瞬きの間にシュラウド様はルーカスさんを押さえていた男たちを殴り飛ばした。骨の砕ける音が響き、男たちの悲鳴が上がる。

シュラウド様は玄関に立っていたマディソンに殺意の籠もった視線を向けた。

「マディソン。リーシャに何をした？」

シュラウド様が睨みながら迫るが、マディソンは猫撫で声で返す。

「シュラウド様、勘違いしております。リーシャお姉様はお仕事が嫌になってうちの屋敷に帰るだけですよ？」

「そんなはずはない」

シュラウド様がこちらを見つめる視線は、私がそんなことを言うはずがないと信じて疑わない。

私はそんな彼に頷き返そうとしたが、背筋に冷えた感触を感じて身体が硬直してしまう。

いつの間にかマディソンは私の隣にいた。

「お姉様？　ほら、私より目線が高いわよ」

そっと手を差し出されて、私の頭を押さえつける。その動きに従って頭を下げると、マディソンは満足そうに私を見て、微笑んだ。

「ダメよお姉様。やるべきことは分かっているわよね？　ちゃんと笑顔で別れを告げないと」

とびきりゆっくりと甘い声で、しかし冷酷にそう言われて私は俯《うつむ》いた。

それから無理やり頬の筋肉を動かして、笑みを作る。

「はい、薬師として生きるのが辛《つら》くなりましたので出ていきます。……お世話になりました」

沈黙がしばし流れ、マディソンが勝ち誇った笑みを浮かべる。

だが、静寂な時間を壊すようにシュラウド様はクスクスと小さく笑った。

「はは……リーシャ、嘘が下手なようだな、お前は」

「っ⁉ な、なんで嘘だと思うのよ‼ お姉様は本気で……」

「マディソン……お前はリーシャの笑顔を見たことはあるのか？」

「は⁉」

「俺はあるぞ、彼女が初めて笑ったのは自分の薬で皆を救った時だ。その笑顔を見れば今の言葉など全て嘘だと分かる」

「な、何言ってるのよ‼ お姉様は本気で……」

そう言いかけたマディソンを無視してシュラウド様は私の所まで歩を進めた。

そして、緑色の瞳が私を映す。

「俺にはまだ君の苦しみは分からない、きっと俺に言えない何かを抱えていて、知られたくないのだろう？ だが、俺は何があっても君を手放す気はない」

微笑みながら言ってくれる彼の優しさが堪らなく嬉しかった。

あれだけ酷いことをした私なのに、手放す気はないと言ってくれる。

その言葉が震えるほど嬉しくて、先ほどまでの覚悟が揺らぎそうになった瞬間。マディソンが私に向かって、何処《どこ》からか取り出した小さなナイフを振りかざした。

「っ⁉」

「もういいわ！　くだらない‼　シュラウド様はこれを見て同じ言葉が言えるの⁉」

「やめて！　マディソン‼　いやだ……いや……！」

叫びも虚しく、ナイフが私のワンピースの背を切り裂いていく。

必死に背を隠し、うずくまっても、マディソンが私の手を掴み上げると、切り裂かれたワンピースから背中が露《あら》わになってしまう。

見ないでと叫びたいのに恐怖から声は出なくて、涙だけが頬を伝った。

「あはは‼　さぁ見てくださいシュラウド様、お姉様の醜《みにく》い姿をじっくりと！」

もう隠せない。おびただしい傷が私の背中には刻まれている。

妹の暴力と、躾と称して父からいたぶられて受けた傷の数々だ。

ポーションでは古い傷痕は消すことができない。

この傷痕は、母が亡くなってから私に刻まれた醜《みにく》い呪いだった。

「見ないで……ください。シュラウド様」

変えられない現実にただ虚しく俯《うつむ》き、懇願することしか出来ない。

――傷痕なんて誰にも見せたくなかった、何よりも、誰よりもシュラウド様にだけは。

「どうですか？　醜《みにく》い傷痕でしょう？　シュラウド様！」

「やめて、マディソン……出ていくから、もうやめて」

聞きたくない、彼にこの傷を醜《みにく》いと罵倒されればもう生きていけない。

「遠慮しないで？　お姉様のためよ、きっぱりと嫌われた方が諦められるでしょう？」

耳を塞いで全ての情報を遮断してしまいたいのに、それすらもマディソンが許さない。

「さぁ！　聞かせてください……シュラウ――」

「黙れ」

一言だけ、彼が発した。

たった一言に込められた怒気が場を凍らせる。

マディソンが怪訝そうな表情を浮かべて、シュラウド様を仰ぎ見た。

「シュ、シュラウド様……？」

「言ったはずだ、黙れ」

「ひっ!?」

悲鳴すらも舌打ちと共に一蹴される。彼女に向けられた怒りは凄まじいものだったのだろう。

シュラウド様はマディソンに触れすらしなかったのに、私を掴んでいた彼女の手が悲鳴と共に放される。

それを見てから、シュラウド様は長く静かなため息をついた。

「……リーシャ」

呼ばれた声に顔を上げることは出来なかった。彼の反応を見るのが怖い。

ため息は私への失望だろうか、それとも――

しかし、それら全ての予想を裏切るように、シュラウド様は私を抱きしめた。

「すまなかった」

「な、何故謝って……シュラウド様は何も悪くありません」

「俺は君の苦しみを推し量れている気でいた。悲しみに寄り添えていると思っていた……だが君が抱えているモノはもっと根深く、いまだに苦しめ続けていたのだな」

先程までの口調とは違って、いつもの優しい――二人で話している時の落ち着いた口調だ。

視界から彼以外が消えた瞬間、苦しかった呼吸が楽になったことにふと気が付く。

いたわるような手つきでむき出しになった背中を撫でられて、ゆっくりと顔を上げる。

するとシュラウド様は私を見て、微笑んだ。

「俺は君の前では素直に笑えた。君が笑って受け入れてくれたから、辺境伯としての重荷を外して何も気負わずに話せた。二人で過ごす時間は何ものにも代えがたい至福だった」

私も同じだ。二人で話して笑い合って、手を繋いで帰ったあの日を忘れられない。

シュラウド様の目に映る私の表情がほんの少し変わったのが分かる。

さらにシュラウド様の腕の力が強くなった。

「手放す気はないぞ、リーシャ。君を好きになった日から隣にいるのは俺だと決めている。だから、君が抱えている苦しみを一緒に背負わせてくれないか？」

「……私も、私もあなたが好きです、大好きです。シュラウド様、こんな私でいいのですか？」

「君じゃないとだめに決まっている」

力強い腕が私を離さないように抱きしめ、髪の毛をゆっくりと撫でる。

大好きな彼の腕に包まれると気持ちが落ち着いて、先程まで止まらなかった涙は嘘のように止まり、喜びが頬を緩める。

「な……何よ!! 信じられない!! その醜《みにく》い傷痕を見ても、まだお姉様を選ぶの!?」

隣でへたり込んでいたマディソンが叫んだ。

それと同時にシュラウド様が再び怒気を放つ。

私を抱きしめる手は優しいままに、シュラウド様はマディソンへ振り向いた。

「醜《みにく》いだと？ こんな傷痕に彼女の魅力を貶《おとし》めるような力はない。いい加減に貴様のその思い上がった精神と腐りきった考えこそが醜《みにく》いと気づかないか？」

「は？ 何言っているのですか？ 美しさも私の方が……」

「リーシャは貴様などと比べるに値しない程に美しいさ。見目も精神も」

「は？ はぁ？ 聖女である私の方が美しいに決まっている！ 皆が私を称えているのよ!?」

「聖女だと？ なら貴様は今まで何人の命を助けた。死に向かう者を救ってやれたか？ 血生臭い現場でも恐れずに怪我人を診ることができるか？」

「そ……それは……」

シュラウド様の刃のような返答にマディソンは顔を曇らせる。

「リーシャは多くを救った。家族がいる者、妻や夫、息子や娘が待つ者達を。彼らがその者達と再び会えたのはリーシャの力があったからだ。貴様の聖女という肩書がここで役に立つのか？」

「わ、私は聖女よ!? 皆から崇《あが》められて、選ばれて……」

「貴様は聖女という肩書に溺れた醜《みにく》い愚者だ。人に寄り添える人間の方が何万倍も価値がある」

マディソンは何も言い返せずに唇を噛む。

シュラウド様は乾いた笑みを浮かべ、断罪するようにマディソンを見つめた。

「勘違いさせないために言っておいてやろう、俺がお前を選ぶことは未来永劫ない。俺が愛するのはリーシャだけだ」

「な、何よ!! なんでお姉様だけ選ばれるのよ!! 私は聖女なのよ？ 私を選びなさいよ、なんでお姉様が！ お姉様ばっかり……」

ヒステリックに叫び出し地団駄を踏む彼女に、不思議ともう恐怖は感じなかった。

きっと、シュラウド様が言いたいことを全て言ってくれて、私を受け入れてくれたからだろう。

私はそっとシュラウド様の背を叩いた。腕をほどいてもらうと同時に、マディソンの前に立つ。

彼女の鋭い瞳に心拍数が上がったけれど、もう体は私の自由に動いた。

私は弱いし、情けないし、ダメダメだけれど、彼が信じて愛してくれた分だけは自分を大事にしたかった。

「マディソン。私はあなたの邪魔はしないし、あなたが見ていないところで生きる。それだけ……許してほしいの」

そう言うと、マディソンの顔が一気に強張った。

シュラウド様は私の言葉に微笑んで、そっと背中に触れてくれる。傷を憐れむこともなく、厭《いと》うこともないその手を愛おしく思う。

同時に、露《あら》わになった背中を隠してくれるように彼は自分の上着を私に被せる。

見上げるとシュラウド様は獰猛に微笑んだ。

「さて……加えて言っておこう、俺は領地に侵入し、大事な執事と女性を傷つけた貴様たちを許す気はない」

そしてシュラウド様は大きく声を張った。

「侵入者だ。我が辺境伯領へ侵入した者がいる！」

「なっ、私は聖女として——」

「辺境伯である俺の膝元で好き勝手をしたうえでその言い分は通らない。皆、集まってくれ！」

その声に応えるよう幾人もの影がすぐに現れる。

「——おい、リーシャちゃんが泣いているじゃねぇか！　てめえらかぁ!?」

「酒飲んでる場合じゃねぇぞ!!　集まれお前ら!!　リーシャちゃんを守りに来い!!」

血気盛んだけど、優しい彼らは私を見てすぐさま男達を捕縛していき、その人数はあっという間に増えていく。

目を見開いた私の背にそっと触れて、シュラウド様は悪戯っぽく微笑んだ。

「言っただろう？　粗暴だがいい奴ばかりだと……。皆、お前を慕っている」

「……ここは本当に、素敵な人たちばかりです」

この場所に連れてきてくれて、彼らに会わせてくれたシュラウド様には伝えきれないほどの感謝しかない。

シュラウド様が大方の男たちの意識を奪っていたからか、迅速に勝負はついた。

マディソンも抵抗を続けていたが、多勢に無勢だ。あっさりと捕らえられて地面に転がされる。

「放しなさいよ!! 私を誰だと思っているの? 下衆《げす》な者達が触れていいと思っているの!?」

それでもわめき散らす姿に、兵士たちが耳を塞ぎつつ、シュラウド様に問いかけた。

「シュラウド様、この女はどうするのですか?」

「処遇は後で考えよう、牢にでも入れて……なんだ、この音は?」

シュラウド様が答えようとした瞬間、地面が揺れ始めた。地鳴りが近づいてくる。

魔獣たちではない。この音は防壁のない内地側から近づいてきているようだ。

地面を叩くような音が徐々に大きくなり、音の方向に視線を向けると金色の甲冑に身を包んだ馬が砂塵を巻き起こしながら走ってきていた。

馬上に居るのは金色の鎧に身を包んだ騎士たちだ。

その姿を見て、シュラウド様が目を瞠《みは》った。

「何故奴らがここに? ――皆!! 避けよ!!」

呆気に取られていた兵士たちはシュラウド様の声で我を取り戻し、走る馬たちから身をかわす。

彼らが避けていなければ大惨事になっていただろう。

その趣味が悪い鎧を光らせた騎士たちは、ニヤニヤと薄気味悪い笑みを浮かべながらマディソンを押さえていた兵士に向かって叫んだ。

「王太子妃から手を離さぬか下衆《げす》共! 死罪になりたいのか!!」

その声に周囲にざわめきが起こった。

……今、マディソンを妃《きさき》と呼んだ？

祝勝の雰囲気も束の間、嫌な空気が場を包んでいく。

それをさらに膨らませるように、人を小馬鹿にしたような声が響いた。

「困りますなぁ、シュラウド殿。聖女たるマディソンはこの国の至宝です。ぞんざいな扱いをした者は王国によって罰せられますよ」

私の父——ライオスが黄金の騎士達に囲まれた馬車から降りて、こちらへと歩いてきた。

シュラウド様が私の前に出て、威嚇するように腕を組む。

「よく俺の前に姿を現せたな？」

「いえいえ、こんな不便な場所には生涯来るつもりはなかったのですが、マディソンが行くと言い張って出ていったので渋々迎えに来たのです。安心してください。マディソンさえ無事なら、何もせずに帰ります」

「奴の所業を見過ごす程、俺は甘くない。行かせると思うか？」

ライオスはその言葉に、粘りつくような視線を私の背に向けた。

「嫌ですなぁ、ただの家族内の揉め事ですよ……」

「リーシャのことも、そう言い張る気か」

「ええそうです。いいですか？　シュラウド殿、子を持たないあなたは知らないでしょうが、子育てとは大変なのですよ。あれは躾です。文句を言われる筋合いはありません」

「その余裕は後ろにゾロゾロと引き連れている王家近衛騎士団のせいか」

その言葉に兵士たちがざわめく。

王家近衛騎士団とは王を守るための騎士団であり、国を守る最後の砦だ。

王族もいないこの地にやってくるはずがない。

そう思った私の考えはライオスの言葉で否定された。

「マディソンは正式にケインズ殿下に婚約者と認められて王太子妃となるのです。私もマディソンも王家の親族となる。お分かりですか？　私達への非礼は王家への反逆と同義となると」

——本当に、マディソンが王太子妃に？

あまりの出来事に言葉が出ない。

意外にも当事者であるマディソンでさえも驚愕していた。

本人でさえ知らなかったことだったのだろう。

しかし言葉の意味が呑み込めたのか、次第にマディソンの頬が緩み、表情が歪んでいく。

「聞きましたかお姉様！　私はケインズ殿下に選んでいただきましたわ！」

「そうだマディソン、お前の聖女としての素質。そして代えがたい程の美貌をケインズ殿下は選んでくださった。あの方はこの王国を平和へと導いてくれる素晴らしい考えを持つ方だ。だから醜《みにく》いリーシャなど忘れて戻ってきなさい。こんな所にお前は来てはいけないのだから」

まるで幼い子供へ言い聞かせているかのような言葉に違和感を覚える。

マディソンを連れ帰りたいと先程から念押ししていた。

この場所への訪問や、シュラウド様に会うことに不都合があるのだろうか？

しかしそんな私の思考を遮るように甲高いマディソンの笑い声が木霊《こだま》する。

「あははは、いい気味ねぇお姉様……せっかく辺境伯様に選ばれて私に勝ったと思ったのでしょうけど、彼には審美眼がなかっただけですわね」

「言葉を慎んで。シュラウド様への侮辱は許さない。あなたは権威しか見ていないようだけど……ケインズ殿下と添い遂げて本当に幸せになれると思っているの？」

「うるさいわね。本当は悔しくて仕方がない癖に……心配しなくてもこんな汚くて品のない者共しかいない場所で過ごすよりも、私は王宮で心豊かに暮らすことにするわ」

本当は言い返す気なんてなかった。

しかし、私の中に浮かんだとある疑念が答えを求めて、マディソンへと向かった。

「あなたが心豊かに暮らすためには聖女としての義務を果たす必要があるわ、今のあなたに一体どれだけの人が救えるの？」

「――っ、ねぇ生意気よ？　負け惜しみならやめてくださらないかしら？」

「私は聞いているのです。聖女として人々を救えるのかと」

「もういいわ!!　お姉様は私が聖女だからって嫉妬しているのよね？」

やはり、先程のシュラウド様との会話でもそうだった。

マディソンは聖女としての身分を誇っている。なのに、その功績を問い詰めれば必ず顔を曇らせて話をしたがらないのだ。

「……それ以上はもういいだろう!!　さっさと帰ろう、マディソン」

「行かせると思っているのか？」

「っ」

シュラウド様の剣幕に少したじろぎながらも、ライオスはチラリと近衛騎士たちを見る。彼らはその視線を受けて、かちりと鍔《つば》を鳴らした。いつでも剣を抜けるという合図だろう。

ライオスは安堵したように深い息を吐いた。

「勘違いしないでいただきたい、見逃しているのはこちら側です。これ以上マディソンや私への非礼は控えた方がいいのでは？」

今も近衛騎士団はニヤニヤと笑ってはいるが、こちらの行動を常に監視しているように雰囲気は張りつめている。

ライオスはさらに続けた。

「あなたが国賊となりたくなければこれ以上の争いはやめにしましょう。ここでマディソンよりも劣るリーシャと一緒に過ごせれば満足でしょう？」

マディソンを機嫌よくするために父はいつもこうやって私を蔑む。

私は何を言われてもいい、慣れっこだ。

でも、シュラウド様は怒りで身体を震わせて唇を噛み、怒りのこもった声を絞り出す。

「最後に……聞いておく、お前は先程まで泣いていた娘に対して何も感じないのか？」

「娘？　私の娘はマディソンだけですよ。そのような醜《みにく》い傷を負った娘などいりません。クランリッヒ家としても嫁に出せなくて困っていましたので」

「もういい、もう……口を開くな」

「は？」

シュラウド様が一歩前に出ると、腰に差した剣を抜いた。

一瞬で空気が凍ったように張り詰める。

ニヤニヤとしていた近衛騎士達の表情が変わり、気圧されたのか後ずさりしている。

「け、剣を抜いたぞ！　私と、マディソンへの反逆だ！　王への反逆だ！」

ライオスが唾を散らして叫ぶ。それを聞いた近衛騎士の一人が表情を変えて前に出た。

「――本気でしょうか」

「貴様らには荷が重い。さっさとライオスを置いて逃げ帰れ」

「舐めないでいただきたい、王家近衛騎士は容易く破れる盾ではない！」

唸るようなシュラウド様の声に挑発されたように、近衛騎士が切りかかる。

しかしシュラウド様はあっさりとその剣を受けて、鋭く切り返した。近衛騎士は抜いていた剣で咄嗟に受け止めたが、その身体はあっさりと宙に浮く。

片手のシュラウド様の腕力に吹き飛ばされたのだ。

近衛騎士でさえ何が起こったのか理解できぬ間に頭から落ちていき、大きな衝撃音が鳴る。

「軽いな」

涼しい表情で呟くシュラウド様に、近衛騎士たちが明らかに動揺した様子を見せる。

先程まで余裕たっぷりであったライオスもわなわなと震えて尻餅をついていた。

そんな彼らを睥睨《へいげい》して、シュラウド様は笑った。

「物心ついた時から国を守るために剣を握ってきた。貴様らごときに止められるはずがない」

「わ、分かっているの⁉　今の行為は王家への非礼よ？　国賊になりたいの⁉」

震える声でマディソンが叫ぶ。

命の危機を感じたからこその小さな抵抗だったのだろうが、それは彼の逆鱗に触れ、さらに刺激してしまったようだ。

再びシュラウド様の切っ先が動き、マディソンの頬を小さく切り裂いた。

「リオネス家は長きにわたり多くの犠牲を払ってこの国を守ってきた。民のためにこの辺境伯領で血を流してきたのだ。その辺境伯領へ貢献してくれたリーシャへの非礼を、王家が容認するのであれば……そんな国に従う気はない」

「血迷ったかリオネス辺境伯‼　王家への反逆は貴様とて重罪だ‼」

「黙っていろ、近衛騎士共……善悪の区別もつかないのか」

叫ぶ近衛騎士はマディソンを取り囲むように動き出す。

シュラウド様の目は本気だ。その切っ先までに及ぶ殺気は収まる気配がない。

彼に呼応するように辺境伯領の兵士達も近衛騎士と剣を交える寸前となる。

私はそんな中、どうすればいいのか分からないまま立ち竦《すく》んでいた。

――このままでは本当にこの辺境伯領とレーウィン王国での内乱が起きてしまう。

これは私達クランリッヒ家の事情であり、他人が血を流すようなことではない。

それに、お母様の願いである全ての人が安心して暮らせる世界とは程遠くなってしまう。

お母様の血を引く私達が原因で争いを起こす訳にはいかない。

「も、もういいわっ!!　さっさと彼らを処分しなさいよ!!」

——余計なことを言って刺激しないでマディソン。

咎めようと視線を向けた瞬間、私の目にはマディソンの頬を伝う一筋の鮮血が見えた。

聖女であるはずの彼女が傷を治していない？

不思議に思ったが、それよりも今、やるべきことがあった。

「やめてください!!」

争いが起こる間際、喉が焼き切れそうな程の声を上げた。

周囲の動きが止まり、視線が集まる。

これでいい。

私は出来るだけ落ち着きを見せるように、ゆっくりと声を張った。

「シュラウド様、私は大丈夫です……これ以上血が流れるのは見たくありません」

「しかしリーシャ、俺は奴らを許せない。全てを侮辱されたのだ！」

そっと彼の首元に手を伸ばし、顔を近づけて囁く。

「今ではありません……シュラウド様。どうか、剣を納めてください」

「リーシャ……？」

「ここで血を流すべきではありません。兵士の方も、シュラウド様も」

必死の想いで、彼に願う。

すると、その願いが届いたのか、シュラウド様は短く息を吐き出して一度目を瞑《つむ》った。

「……皆、剣を納めよ」

その声と共に辺境伯領の兵士達は即座に剣を納める。忠実に対応できるのは彼への信頼と鍛錬の成果なのだろう、そのあっさりとした幕引きに近衛騎士達も呆然としている。

「い、今よ!! 油断したあいつらを全員殺しなさいよ！」

マディソンはキンキンと耳に響く声で命令する。

火に油を注ぐような行為に後先が考えられないのかと頭を抱えてしまいそうだ。

しかし、彼女を諌《いさ》めたのは意外にも近衛騎士の一人だった。

「マディソン妃、落ち着いてください。これ以上の諍《いさか》いは双方に不利益しか生みません」

金鎧の騎士達の中で、一際輝く白金の鎧騎士の言葉だった。

「何を言っているの!? 私達王家への非礼を見逃すというの？」

「いえ、私達が見逃していただくのです。リオネス辺境伯のお力と辺境伯領の兵士が相手であれば我らも大きな痛手を負います。さらにリオネス家はレーウィン王国を守ってきた由緒正しい辺境伯家です。万が一我らが打ちのめされたとて国王陛下は罪を不問とするでしょう」

「そんな!? ルドルフ陛下が私達を見捨てると？」

「……考えてください、長きにわたって世話になってきた辺境伯家と、新しく王家の親族となったクランリッヒ家とでは釣り合いません。残念ながら私達は逃げる側です」

白金鎧の騎士は周囲の反応を見るに近衛騎士団を率《ひき》いる団長なのだろう。

彼はシュラウド様へと視線を向けた。

「貴殿は恐ろしい方ですね。考えなしに見えて強《したた》かだ。そちらのお嬢さんの制止がなければ多くの血が流れていたでしょう」

「リーシャに感謝しておけ。あのままでは頭に血が上《のぼ》って本当に剣を交えていた」

「ええ、あなたと刃を交えないで済んだことに感謝を……私達の相手は貴殿ではありませんから」

「……？　何を言って――」

シュラウド様の問いを遮り、頭を下げた近衛騎士団長は叫ぶマディソンの肩を掴んで歩き出す。

ライオスもびくびくとしながら腰を上げて隠れるように彼らに続いていく。

素直に帰ってくれるのならそれが一番だ。

でも、私にはまだ問うべきことがあった。

「マディソン」と呼んだ声に彼女は忌々しげに振り返る。

「何？　お姉様、私とまだ言い争う気？」

「いえ、違います。……頬の怪我」

私はマディソンがシュラウド様に切られた一筋の傷を指さす。

「血が垂れますよ？　あなたのドレスについてしまう」

彼女はハッと表情を変えて頬を押さえる。

それだけだ。

彼女が本当の聖女だとしたら、顔に出来た傷を放っておくはずがない。

彼女が、あれほど大事にしている自分の顔に傷を残す理由に一つの疑いが浮かぶ。

――彼女は本物の聖女ではない、少なくとも彼女は言葉通りの力すら持っていないのだ。

思えば、私はマディソンが聖女である力を見た時なんて、あの時しか……

ふと、思い出した光景に、今までの経験からとある答えが浮かび上がる。

その答えが出た時、マディソンを必死に連れ戻そうとするライオスと、いきなり王太子妃に迎え入れたケインズ殿下の思惑にもおおよその説明がついた。

見つめる私の視線に、マディソンはそっぽを向く。

「……いい気にならないでよね？　私はあのケインズ殿下に選んでいただいたのよ!!　いずれあなたよりも幸せになってみせる。シュラウド様が辺境伯のままでいられるのもケインズ殿下次第だと理解してよね？」

「ええ……よく分かりました。マディソン、また会いましょう」

「何を言って……」

困惑した表情を浮かべたマディソンはライオスに急かされ、近衛騎士達の連れてきた馬車に乗り込む。

嵐のようにやってきた彼らは、苦々しげにこちらを睨みながら辺境伯領を離れていった。

馬の蹄の音も遠ざかり、砂塵が収まるといつも通りの夜の静けさが訪れる。

何処《どこ》か気まずい雰囲気が漂い、皆が口を開かないままでいる。

私も何を説明すればいいのか分からずに戸惑っていると、意外な人物が口火を切った。

「リーシャちゃん。俺は詳しいことを知らないけど、シュラウド様が怒るようなことをされたんだよな。話しにくい内容なら言わなくても大丈夫。だけどさ、助けてって時は俺達を頼ってほしい。俺達を救ってくれたあんたへ皆は恩返ししたいって思っているからさ！」

「バッカスさん……」

顔を上げると、バッカスさんがいつものように柔らかな表情を浮かべていた。

彼の明るく軽快な言葉につられて他の兵士達も笑みを浮かべ、静寂を打ち壊す。

「弱虫のバッカスが大層なことを言うな。リーシャちゃん、頼るなら俺に頼っておけよ！」

「あはは、口だけは達者だな！　けど俺も薬師様には返しきれない恩があるからな」

「ば、馬鹿にするなよ、俺だってやる時はやるぜ！」

やっぱり……ここは私の愛しい居場所だ。

彼らは気まずい雰囲気を打ち消すように快活に笑い、優しい言葉を投げかけてくれる。

だめだ、温かい彼らにまた涙が出てしまいそうになる。

顔を隠すように俯《うつむ》こうとすると、シュラウド様が快活な笑みを浮かべた。

「俺が皆を動かしたのではない、皆がリーシャのために集まった。ここは君の居場所だからな」

「はい、はい。ありがとうございます、皆さん」

その言葉で、堪えていた感情が決壊して溢れ出す。

涙が零れ落ちて止まらない。嬉しくて堪らない。

ここから離れずに済んで……本当によかった。

兵士の方々はそれぞれが持ち場に戻っていく。屋敷に戻ると、ルーカスさんがエリーゼさんの治療を受けていた。

その姿に慌てたが、幸い大きな怪我はなかったようで安心する。

改めて、シュラウド様にかけてもらった上着に身を包みながら顔を上げた。

「マディソンから手を引いてくださってありがとうございました。シュラウド様」

「いや、むしろ感謝しているさ。君の声がなければどうなっていたか分からない。この地に、魔獣以外の理由で血が流れる結果になっていたかもしれない」

「それで……マディソンについて分かったことがあるのです」

「今はいい。先に話しておくべきことがあるだろう？」

彼はそう言って何処《どこ》か言い出しにくそうに口を閉じる。

何が言いたいのか私もうっすらと察してはいたが、恥ずかしさもあってお互いが口ごもる。

もじもじとしていると、ルーカスさんがお茶を淹《い》れて私達の前に置いてくださった。

いい香りが鼻を通り抜け心が落ち着くが、沈黙に耐えきれずに私はルーカスさんを見る。

「ルーカスさん、殴られた箇所は痛くはないですか？」

「ええ、あれしき大丈夫ですよ。私は気にせず二人でお話しください」

ニコリと笑うルーカスさんはそれ以上首を突っ込まないというように口を閉じて、治療してくれていたエリーゼさんと共に部屋を出ていってしまう。

二人きりになった部屋で、しばしの沈黙が流れる。

やはり、私から言うべきだ。

この背中に刻まれた傷を受け入れてくれたことへの感謝を伝えないといけない。

決心した瞬間、シュラウド様が口を開いた。

「先ほどは勢いで気持ちを伝えたが、改めて君に言っておくべきことがある」

覚悟はしていた、しかし切り出されると顔が熱くなる。

――手放す気はない。

今になって彼の言葉を思い出して顔が真っ赤になってしまう。

恥ずかしさから彼の上着に顔をうずめると、良い香りがして余計にドキドキが止まらない。

「改めて気持ちを伝えておく、俺は君が好きだ。恋愛など興味はないと思っていたが君が支えてくれたことが嬉しくて……この気持ちは日に日に大きくなり、好きという気持ちを抑えられない」

全部言わないでください……顔が熱くて、どうしたらいいのか分からない。

悶えている私の傍にやってくると、彼は私の頬に手をかけた。視線が合う。

彼の頬も赤く染まっている。それでも目を離さずに私を見つめてくれた。

「ずっと俺の隣に居てほしい。君を手放すなんて考えられない」

ドクドクと心臓が脈打って止まらない。彼の顔が近い。鼓動の音も聞こえているのだろう。

優しく頬へ触れる手は温かくて、私も手を添えて頬を緩める。

「私も……好きです。あなたが好きだと気付いた瞬間からずっと一緒にいたくて」

言葉はそこで止まってしまう。

私も彼が大好きだ。ずっと一緒に居たいと思っている。

だけど……

「あなたが好き。だけど、一緒にはなれません」

「何故だ？」

ロウソクの炎が揺らめくと同時に私たちの影も揺れる。

闇と光が交互に動く中で私は唾を呑み込んだ。

隠している真実を打ち明ければ、全てが壊れて、シュラウド様に嫌われてしまうかもしれない。

だけど言わないといけない。彼を信じて、言葉を絞り出す。

「私は子を産めないのです」

打ち明けた言葉は静かな部屋で鮮明に伝わる。

「子を……産めない？」

震えながら頷く。顔は上げられなかった。

怖くてたまらない。こうして私を受け入れてくれたシュラウド様が、今どんな顔をしているのか見ることが出来ない。だけど打ち明けた真実は覆らない。私は俯《うつむ》きながら言葉を続けていく。

「ポーションを作る方法はお教えしましたよね？」

「あぁ……それと関係が？」

「毒草から毒を抜くのは簡単なことでなく幾度の実験が必要でした。……そして、実験に使えるのは私の身体だけだったのです」

「っ⁉」

お母様が遺してくれたポーションの作製方法は六割方完成しており、軽い怪我を治せるほどには出来上がっていたが、そこからが難題だった。

何種類もの方法を試した後、残されたのは毒草から毒性を抜いて薬草に転じさせる方法だけだったのだ。

「実験を繰り返すうちに、微量ながら私も毒を摂取してしまいました。その毒は今も確実に私を蝕《むしば》んでいます」

「ポーションでは治らないのか？」

そうであればどれだけよかっただろうか。

シュラウド様の問いに首を振る。

「ポーションは生きている者を回復させることはできますが、死んでしまった者や、既に定着してしまった傷を治すことは出来ません。私の身体は既にあちこちが死んでしまっています」

頬を伝う涙が止まらない。

「月の物も、もう何年も来ていません。命すらもう長くないかもしれません」

抑えていた恐怖や苦しみを吐き出す。

「私はあなたが好きです。でもきっとあなたを幸せには出来ず、先に逝くことになります」

こんなことは言いたくない。本当は愛してほしい、一緒に居たい。

それでも、私を愛することであなたを苦しめてしまうなら……私なんて。

「どうか私を愛さないでください」

私ではない誰かをご所望ください。

言いたくなかった残酷な言葉を伝え、俯《うつむ》く。

彼の顔が見られず、私がすすり泣く声だけが部屋に響く。

その時だった。

「ふざけるな……」

彼が発した言葉には確かに怒気が交じっていて、思わず身体がびくりと跳ねた。

嫌われて離れるべきだと心で覚悟していたのに……続く言葉が怖くて堪らない。

「っ⁉」

突如、私の腕が掴まれて身体を引き寄せられる。

逞しい両腕は私を包み込み、その手は優しく頭を叩いた。

「俺の幸せを決めつけるな、リーシャ」

「シュラウド……様」

「俺は君がこの辺境伯領に来てくれてからずっと幸せだった。肩肘を張っていた俺に、君は素直でいていいと言ってくれたからな」

「私は……何も」

「俺は戦うのだって本当は怖くて仕方がなくて、震える手を押さえて辺境伯として前に進んでいる。そうしないと皆を不安にさせてしまうからだ。だけど君は俺を一人の人間として心配してくれて、同じ目線で話してくれる。それが堪らなく嬉しかった」

抱きしめる力は強くなり、自然と私の腕も彼の背に伸びていく。

「俺は、今、この瞬間だけでも君が隣に居てくれれば幸せだ。それ以上は要らない」

頬に触れる手が私の顔を上げて互いの瞳を見つめ合う。

「君は抱えてばかりだ、俺の幸せや母親の願いでなく自分の願いを言え、リーシャ。君自身が幸せのためにどうしたいのかを伝えてほしい」

「私の願い……」

お母様の願いがあったからポーションを作った。

シュラウド様が幸せになれないと思ったから彼から離れようと考えた。

でも……

「私は、あなたとずっと一緒に居たい。薬師でなくリーシャとして望んでくれたあなたの隣に……本当は離れたくない。あなたをずっと愛していたくて、隣にいてほしい」

今まで考えたこともない私自身の幸せは、考えるよりも先に口から零れ落ちていく。

抱えて、抑えていた本音が次々と流れ出して止まらなかった。

「ずっと苦しかった。この身体では幸せになれないと諦めていたのに……幸せになってもいいの？

あなたを残して死にゆく私とずっと一緒に居てくれるの？」

「元からそのつもりだ。俺はもう君を離さない」

包み込む腕に身体を寄せていく、身体を彼に預けて身を任せる。

泥の中に沈んでいた心が空に引き上げられていき、軽くなるのを感じる。

「もう一度聞く。俺は君を愛している。隣に居てくれるか？」

「……はい、私もあなたを愛しています。もう離れません」

返答と同時に、私の頬に添えられた手が彼の元へと引き寄せられた。

くしゃくしゃになった顔が恥ずかしくて顔を隠す私の手を、シュラウド様が引き剝がしていく。

表情を浮かべなくなったのはそれが最善であったからだ。笑わずに泣かないで声を殺していれば父と妹は不要に干渉してこないから、私は私自身の感情を表すのをやめた。

だけど彼の前では感情と声がこぼれ出して止まらなかった。

恥ずかしくて赤面しながらも嬉しくて、涙しながらお互いの顔を近づける。

唇が重なり合って思わずこぼれた吐息と声が恥ずかしくて堪らないのに、私の腕は彼を求めるように首元に回っていく。

一度離れても口付けはやまない。

甘い声が漏れ出て、再びお互いの吐息が混ざり合って重なる。

髪の毛を撫でる手が優しくて、もっと触れてほしくて手を重ね合うと指が自然と絡まり合う。

嬉しくて、喜びが身体を満たしていく。潤んだ瞳から涙が零れ落ちて止まらない。

もう我慢なんてしない、幸せになってもいいと彼が言ってくれたから。

「好きです。シュラウド様」

漏れ出る声に彼はキスで返してくれた。

もう、あなたから二度と離れないと誓います。

これからは私自身の幸せのためにあなたとずっと一緒に。

あなたがそう望んでくれたから。

彼からの愛情を感じ取りながら……私の意識はゆっくりと闇へと沈み込んでいった。

第五章　あなたと歩む、私の幸せと母の夢

「起きろ、リーシャ」

「ん……」

目をこすりながら起き上がると私は彼の寝台で寝ていたようで、彼は近くの椅子に座っていた。

昨夜の記憶が、ほとんど抜けてしまっている。人生で一番泣いて、そして——

「昨日、泣き疲れたリーシャがそのまま寝てしまったから、俺の寝台で寝てもらった」

「ご、ごめんなさい……」

初めて男性の寝台で眠ってしまった。熱くなった頬を押さえると彼は小さく笑った。

「無理もない、昨日は色々と起こりすぎだ」

あやふやであった記憶が鮮明になっていくにつれて、顔からまるで火が出たように熱くなる。

動揺した私の頬に彼は優しく触れ、顔を近づけた。

「あまり可愛い反応をするな」

「え⁉」

私の声はかき消され、重ねられた唇によって口を閉じられる。

唇が離れると吐息が漏れ出て、もっとしていたいと思ってしまう。

「もう我慢しないからな」

「あ、あの……お手柔らかにお願いします」

「ぷっ……あはは、もちろん」

何をお願いしているのだと私自身にツッコミを入れたくなる。

「さて、リーシャに見せたいものがある、外に出る準備をしてくれるか？」

「わ、分かりました」

彼に連れられて外に出ようと思ったが昨日の上着を被っているだけだと気付いた。

慌てて自室へと駆け込んで衣服を着替える。

シュラウド様は何やら時間を気にしていたので、早足で外に出た。

「お待たせしました！」

「あぁ、まだ間に合うが念のために早足で行こう」

「間に合うとは？」

「着いてからの楽しみにしてくれ」

小さく笑う彼は私の手を握って歩き出す。

絡まり合う指から体温が伝わってきて朝の肌寒さを消してくれた。

改めて繋いだ手を見ていると、恥ずかしくて顔を伏せてしまう。

赤面してしまった私を連れてきてくれたのは防壁の上に続く階段だった。

まだ夜も明けていないのに、こんな時間に何故防壁へ？

首を傾げていると身体が急に浮き上がる。

「きゃっ!?」

「ここの階段は急で長い、こうして行こう」

私を軽々と横抱きして彼が階段を上っていく。

お手柔らかにとお願いしたのに——

「か、顔が近くて恥ずかしいです、シュラウド様」

「今更だろう？　それにまた逃げてしまうかもしれないからな」

彼がからかうように笑う。その気楽な様子にお互いの距離が縮まったのだと改めて感じる。

しかし、笑顔をこれほど近くで見られるのは嬉しいが、まだ慣れない。

防壁の階段を汗一つかかず彼は上り終えると、ゆっくりと私を床に下ろしてくれた。

「見てくれ」と彼は指をさす。

見えたのは地平線から光を伸ばして、徐々に私達を照らす朝日だった。

両側は切り立った断崖に挟まれた防壁の上、防壁の外側には果てしなく広がる大地が見える。

目の前に広がるのは魔獣によって奪われた土地であったが、とても美しかった。

「綺麗……」

「そうだろう……だがこれだけじゃない。あちらも見てくれ」

シュラウド様が再び指さす遠くの森は、特に代わり映えしないように見える。

一体何があるのだろう？

首を傾げた瞬間にその森に生い茂る木々がざわつき始めた。

「あれは⁉」

「辺境伯領でも一部の兵士しか知らず、内地では王家しか知らない真実だ。だが君には見せておきたかった……お互いに隠しごとはなしにしよう」

ざわつく木々から飛び出した巨体は銀色に輝き、太陽に反射してよく見えない。

しかし、空に羽ばたいて翼を広げた瞬間にその姿を確認できた。

目を見開いて、目の前のそれが幻ではないか確認してしまう。

本当に……いたのだ。お母様の妄想だと思っていた存在。

「綺麗だろう。俺達はあの存在を銀龍と呼んでいる」

銀色の鱗がキラキラと輝いて太陽を反射し、照らされた光はステンドグラスのように四方に散っていき、光の花を咲かせる。

まるで絵画のような綺麗な姿に思わず感嘆の声が漏れ出てしまった。

大きく翼をはためかせ、蒼炎を頭上に吹き上げた銀龍は目にも止まらぬ速さで飛び立っていく。

神秘的な姿に目を離せなかった。

銀龍について話すお母様を、ずっと嘘を言っているのだと思っていた、でも違った。

――銀龍は、確かに存在したのだ。

「銀龍について分かっていることは少ない。人間に敵対しているわけでもなく干渉することもない存在だ。しかしその力は人間の国など一夜で滅ぼす力を持っていると言われている」

「銀龍……」

「怖いと思うか？」

呆然と何も居なくなった空を見つめている私を、彼は心配そうに覗き込む。

否定するように、慌てて首を振った。

「怖くありません……お母様が教えてくれましたから」

「母親が？　リーシャの母親はクランリッヒ伯爵家の者だろう？　銀龍のことを知っているはずがない」

「……そうですね。ですが、確かにお母様はそう教えてくれました。困ったら銀龍に頼りなさいと。ずっと嘘だと思っていましたが本当でした。――もしかしたら、前に魔獣のお話をしていたことも含めてお母様はただの一度も嘘をついていなかったのかもしれません」

半ば呆然としながら言うと、シュラウド様が怪訝そうな顔で首を傾げた。

「というと？」

「お母様はポーションで誰もが安心できる世界を作ると言っていました。人間が不安をなくすことが出来れば、魔獣が居なくなると」

「ああ、……人々に不安が増えれば魔獣もまた増えるというあの話か」

「はい。きっと、お母様はどうしてか魔獣と人の関係を知った後、魔獣に脅かされて疲弊した人々を救いたいと願ったのでしょう。そして、ただの夢物語でなく、ポーションを作って本気でこの世界を平和にしたいと思っていたのではないかと」

　空に飛び立って、もう見えなくなってしまった銀龍に心の中で感謝する。

どうして、秘匿された存在であるはずの銀龍をお母様が知っていたのかは分からない。

だけど夢物語だと思っていたお母様の話は全て真実で、本気で夢を追っていたことが分かったのだ。

　朝日はすっかり昇り、私と彼をキラキラと照らしてくれる。

その光に背中を押されるように、私はシュラウド様に向き直った。

「シュラウド様……お願いがあるのです」

「どうした？　リーシャ」

「私は自分の幸せを第一に考えたい。だけどお母様の願いも叶えたいと思うのです。屋敷で死にたいと思う日々を支えてくれたのは、お母様の遺してくれたポーションだけでしたから」

「リーシャ……」

「私一人では叶えられません。だから誰もが幸せになる世界を作るために……手を貸してくれませんか？」

私はお母様のように立派な考えなんて持っていない。

――ポーションを作っても、自分の傷を治す以外に使い道なんてなかった。

だけど、彼は私のポーションに使い道を与えてくれた。

大した人間じゃないと思っていた私を薬師にしてくれた。もちろんこの辺境伯領の人々を癒すことは続けるけれど、それだけでは満足できない。

「あなたと……この夢を叶えたいと思ったのです」

無理だと思っていた夢もあなたとなら出来る。

優しくて、私の大好きなあなたと一緒ならなんだって出来るはずだ。

だから、今度こそ本気でお母様に託された夢を叶えるために動いてみようと、そう思った。

今までの私ならあまりにも大それた言葉だったけれど、今なら本気で言える。

シュラウド様を見つめると、彼は優しく微笑んだ。

「……手を貸す。だが約束してくれるか？　リーシャ」

朝日に照らされた中で、彼が私の手を握る。

「もう二度と一人で抱え込むな。俺から離れないでくれ」

そんなの……私の答えは決まっている。

醜《みにく》い傷があり子供を産むことも叶わず、きっと残りの人生も長くはないだろう。

だけどそんな私を受け入れてくれたあなたから二度と離れることなんてない。

私を望んでくれたあなたを、私も……

「もちろんです。大好きなあなたから離れるなんて二度とありません」

自然と頬が緩み、笑みがこぼれた瞬間に手を引かれて、シュラウド様に抱きしめられた。

吐息が聞こえる距離で鼓動が高鳴る。そして優しく口づけを落とされた。

顔が熱くて俯《うつむ》きそうになったけど、彼も耳まで真っ赤になっていることに気が付いて笑ってしまった。

昨日は暗くて分からなかったけど照れる彼が可愛くて胸がキュンとうずく。

「……約束したからな、ずっと一緒だ」

その言葉に微笑んで、私は今までならば絶対に言わなかった言葉を唇に乗せた。

「──シュラウド様、もう一つだけお願いを聞いてほしいと言ったら怒りますか？」

「別にいい、察しはつくさ。マディソンについてだろう」

昨日の私の口ぶりからシュラウド様も推測したのだろう、マディソンとその陰に潜む者を。

「お願いです、妹と父を止めてください。お母様の夢を侮辱している彼らを」

私の言葉に、微笑を口角に浮かべたシュラウド様は「もちろん」と強く頷いてくれた。

◆◇◆

あの夜から一週間が経った。

医療テントにはすっかり怪我人が居なくなり、静かな日々が続いている。

いや、正確にはバッカスさんが今日も理由を付けてサボっているけれど、魔獣の襲撃は私が辺境伯領にやってきた時から、確実に減り続けているようだ。

いつも防壁を守っている兵士の方々も、最近は家族との時間を過ごしていることが多い。

この辺境伯領では過去に例がないほどに、平和で落ち着いた日々だと皆が笑っている。

とはいえ、油断していい訳ではなく、私は今日もエリーゼさんとポーションの製作に励んでいた。

暇になった兵士の方が薬草を各種取り揃えてくれたおかげで、かなりの量が製作できている。

それにエリーゼさんは手先が器用なため、ポーションの製作もひょっとすると一年程で習得するかもしれない。本当にいいこと続きだ。

夕刻に医療テントに戻るとエリーゼさんは私をじっと見つめて何か言いたげだった。

「な、なんでしょうか？」

「リーシャ……あなた最近よく笑うようになったわね」

「笑っていましたか!?　すみません、集中しないといけないのに」

「いやいや、ポーションの製作の時は真剣な表情だよ。だけど私やバッカスと話している時も笑うようになったし、何よりシュラウド様と話している時はずっとニコニコしてる」

「本当ですか？　自覚がないです。恥ずかしい……」

「恥ずかしくなんてないわよ！　恥ずかしい奴がいるとしたら向こうでサボっている男の方よ」

「――今日は色々と用事があったから抜け出してきたんだよ」

エリーゼさんが視線を奥に向けると、ベッドに転がっていたバッカスさんが手を振って答えた。

サボったことは認めるのですね……と言いかけた口を閉じる。

バッカスさんの表情はいつもと違って真剣だったからだ。

「しかしリーシャちゃんが来てからさ、本当に辺境伯領もいい意味で変わったよ。前は俺がサボるような余裕もなくて皆が一杯一杯で笑う時間なんてなかったからな」

バッカスさんの言葉にエリーゼさんもしみじみと頷いている。

「リーシャちゃんもよく笑うようになったけど、シュラウド様も俺達の前で時々笑うようになってさ。それが嬉しいんだ、前はもっと張り詰めていて近寄りにくかったから」

柔らかい笑みを浮かべたバッカスさんは急に頭を下げた。

「俺達は返しきれない恩をもらってる。改めて、ありがとうな」

「バッカスさん、私は……そんな」

「だからさ、もし何か困ったことがあれば絶対に力になる！　約束するよ、俺も兵士の皆もリーシャちゃんのために何かしたいって思っているからさ！」

ふと、シュラウド様が私に言ってくれていた言葉を思い出す。

『感謝されるような人間じゃない？　そんな訳がない』

私だって皆さんに救われている、その感謝の気持ちを伝えて謙遜《けんそん》されれば傷つくだろう。

だから、私がする返事はただ一つだ。

「いつか皆さんのお力をお借りしますね。お願いします」

ぱっと明るく笑うバッカスさんとエリーゼさんを見て私も思わずはにかむ。

シュラウド様に引き留めてもらって本当によかった。ここは本当にいい人しかいない。

「さてと、バッカスの話が長くなる前に早く帰らないとね」

「ちょっ、まだ少し待っていないか？　エリーゼ」

「何言ってんのよ、私は旦那に会いに……。あっ……仕方がないわね」

何かに気付いたのだろうか？

バッカスさんとエリーゼさんの視線は医療テントの入り口へと注がれている。

私もそちらへ視線を向けると、テントの後ろで大きな影がソワソワと動いているのが分かった。

誰が来ているのかは中から一目瞭然で、二人の気付かない振りが少し恥ずかしい。

「ってことでさ、リーシャちゃんは早く帰りなよ」

「そそ、私達は気にしないでくれていいからさ」

二人の気遣いに感謝しながら荷物をまとめているとバッカスさんが小さく呟く。

「俺がサボっていたのは内緒にしておいてくれないかな？」

「ふふ、分かりました」

そうはいってもシュラウド様はきっと気付いているだろうけど、こうして話をしてくれるから
バッカスさんを見逃してくれているのかもしれない。

荷物をまとめて出ていこうとした間際、エリーゼさんが優しく頬を突いた。

「な、なにふぉ？」

「ふふ、やっぱりシュラウド様と会う時は特にいい顔をするようになったね」

微笑んだエリーゼさんはふわりと私を抱きしめてくれた。

突然のことで困惑していると、耳元で小さく「リーシャ」と囁かれた声が、不思議と記憶の中のお母様と重なった。

何処《どこ》か……懐かしい感覚。

「私にとってあなたは娘みたいなものよ……だからずっと気になっていた。この辺境伯領で否応なく命に関わる仕事を任せたことで、重荷を背負わせてしまってないかって」

「エリーゼさん……私は幸せですよ。背負ってなんかないです」

「ええ、最近のあなたを見ていたら杞憂だったって分かるよ。だけど本当によかった」

お母様みたいに優しくあやすように頭を撫でられて、恥ずかしさと嬉しさが胸の中で混ざり合う。

「これも……好きな人ができたおかげだね。いっぱい甘えなさいよ」

「な⁉　エ、エリーゼさん……もう」

顔が真っ赤に染まった私を見てエリーゼさんは悪戯っぽく笑う。

――本当に、お母様みたいだ。

彼女の表情にわずかな過去の記憶がよぎって思わず胸が詰まった。けれど、それを知ってか知らずか、エリーゼさんはくすっと微笑んで私の頬を突く。

「はい、引き留めてごめんね。それだけ可愛く真っ赤になっていればシュラウド様も喜ぶよ」

「からかわないでください!!」

私は言われた通りに、熱い頬のまま医療テントから逃げるように出ていく。

外に出ると赤くなった夕陽が山へと落ちていき、光は薄く伸びて仄暗かった。

「おつかれ、リーシャ」

その中で待ってくれていたのはやっぱりシュラウド様だった。分かっていたのに嬉しくて微笑んでしまう。彼は待ってくれている間に遊んでいたのか、クロを抱き上げながら首元を撫でている。

そういえば彼も人前でこうしてクロを愛《め》でるようになったのだ、と変化に気が付いて少し嬉しくなった。クロは私に気が付いたのか、シュラウド様の手を何度か叩くと、するりと抜け出して私の足にすり寄った。

「今日も待っていてくれたんだ」

頭を撫でると、クロは嬉しそうに一鳴きしてゴロゴロと喉を鳴らす。

その愛らしい姿に微笑んでから、シュラウド様に向き直った。

「シュラウド様、迎えに来てくれてありがとうございます」

「……もう、様付けは必要ないと言っただろう?」

「ごめんなさい、シュラウド。……迎えに来てくれてありがとう」

この一週間で、私と彼の距離は近くなり、少しだけ気さくに話すことが出来るようになった。

言われた通り、素直に彼の名を呼ぶと、シュラウド様——シュラウドは私の頭を撫でてから、ふいと顔を背けた。

「ああ、いや……今日はたまたま雑務が早く終わって……いや、リーシャに早く会いたくて急いで終わらせてきた」

照れくさそうにしつつも、素直に話してくれるのが愛おしい。くすくすと笑うと、シュラウドは頬をわずかに赤く染めて、私に背を向けた。

「それじゃあ帰ろうか」

歩き出そうとした彼の袖を引いて、手を伸ばす。

繋いでほしくて思わず伸ばした手だったけど、言葉が上手く出てこない。

エリーゼさんは甘えろと言ったけど難しい。

「繋いでも、いいですか」と小さく声を出すのが精一杯だ。

するとシュラウドからの返事はなくて、自分の鼓動だけが速くなっていく。

ついに手を引っ込めようとしたところで、するりと指が絡められた。剣に慣れて節くれだった手が私の手を包み込んでくれる。

「君は……甘えるのはまだ苦手みたいだな」

「れ、練習中ですから……」

「本番を待っているよ」

シュラウドはからかうように空いた手で私の頬をぷにっと突いてくる。そうして微笑んだ表情は、今まで見てきた中で一番無邪気に見えた。

甘えるのはまだ難しいけど、彼のこんなところが見られるのなら悪くない。そんなふうに思いながら、屋敷までの道を歩いた。

屋敷へと戻るといつも出迎えてくれるルーカスさんやメイドの方の姿がない。

疑問を声に出すと、シュラウドがひょいと後ろから腕を回して、私を抱きしめた。

「ルーカス達には別の仕事を任せている。しばらくは帰ってこない」

「な、なんで笑っているのですか？」

「二人きりになれるから」

てらいもなく言った彼と対照的に、私の顔は火が出そうなほど熱い。

「嫌か？」

その問いにはブンブンと首を横に振って答えられたが、それ以上の言葉が出てこない。

するとそんな様子を見たシュラウドは私の耳に囁くように言った。

「君の声で聞かせてほしい」

そんなことを言われても！　と、叫びたい程に恥ずかしい。

でも、素直に言ってくれるシュラウドに応えるためにも、いつまでもモジモジとしていられない。

「嫌じゃ……ないです」

「そうか……嬉しい」

すっかり主導権を握られている気がする。

最初こそお互いに緊張していたのに……

いつの間にこの人は慣れてしまったのだろうかと無理やり振り向くと、余裕そうに見えたシュラウドの耳が真っ赤に染まっているのに気が付いた。

彼も照れているのだ。それが分かって、思わず笑いがこみ上げてしまった。

「シュラウドはやっぱり可愛いです」

「なっ⁉　何がだ？」

私の笑い声にシュラウドが自分の顔をペタペタと触る。慌てふためく姿はやはり可愛い。

「そういうところが……です」

「は、早く夕食にしよう、ルーカスが今日の分を置いてくれている」

照れ隠しでスタスタと歩いていくけど握った手は離さない。

そんなところも好きだ。それからルーカスさんが作り置いてくれていた夕食を食べ終え、それぞれ浴場で一日の疲れを洗い流す。それから私たちは示し合わせた訳でもなくリビングへと集まった。

談笑した後は、残していた執務があると言って、シュラウドが机の上に書類を置いて手を動かし始めた。

……執務の邪魔だろうか。

そっと自室に帰ろうとした時だった。

「リーシャ、隣に」

肩に腕が回されて引き寄せられる。見上げるとシュラウドが首を傾げてこちらを見ていた。

椅子を一脚近くに引っ張ってきてから、寄り添うように彼に体重を預ける。

「重くないですか？」

「そんな訳がないだろう、心地いいぐらいさ」

「ならよかったです」

「いっそのこと、執務を終わらせなければずっとこのままで……」

「それはだめですよ」

そう言うと、「冗談だ」と言って彼は書類に取り組み始めた。蝋燭が彼の横顔を照らすと彫りの深い顔立ちが露《あら》わになって、余計に精悍《せいかん》さが際立つ。

執務中の彼の顔を見るのは好きだ。この距離でジッと見つめられるのは私だけだと思えるから。

私だけが知っている彼が増えていくのは嬉しい。そう思いながら、邪魔にならなそうな程度に彼の髪や頬に触れながら暇をつぶした。

そんなふうに時間はあっという間に過ぎていき、シュラウドが顔を上げる。

執務が終わったのか、ふぅと大きく一息つく彼の指に自分の指を絡ませた。

「甘える練習は終わったのか?」

「今が本番です」

不思議と夜になるにつれて甘えることに羞恥を感じなくなる。高鳴る鼓動を抑えつつ、彼の首元へ空いた手を伸ばすと彼も応えるように顔を近づけてくれた。そっと唇を重ね合う。

優しく軽いキスだったけれど、とても甘い。

クロはソファーで寝ているし、まだこの屋敷には誰も居ないのをいいことにもう一度キスをする。

なんとなく楽しくなって微笑むと、シュラウドが私の髪を指ですいた。

「リーシャ……」

囁く声に頭が痺れる。彼との吐息が混ざり合う距離で、しばしの時間を過ごした。

逃がさないと言わんばかりに背中に回された腕に体重を預けると、彼は苦笑した。

「やはり二人だけはだめだ。我慢が利かなくなる」

「が、我慢……ですか？」

「まだ知らなくていい」

何を我慢するのだろう？

そう考えている間に抱き上げられて、二階へと運ばれてしまう。連れられた先は、私の部屋ではなく彼の部屋だった。

「あ、あの……」

「一緒は嫌か？」

黙って首を横に振ると、そっと寝台へと下ろされた。それから彼も同じベッドの中に入ってくる。温もりを感じたけれど、恥ずかしさが勝り彼の顔が見られない。

しかしそれは彼も同じだったようだ。

ロウソクの炎が消されるとすぐに暗闇の中で彼の腕が私を包み、小さなキスをおでこに落とす。

「おやすみ」と呟かれた声に私も同様の言葉を返す。

ドキドキと鼓動は高鳴るのに、不思議と眠気はいつも通りに訪れた。

彼の腕の中は今まで生きてきた中で一番安心できる。

訪れた眠気は一瞬にして私を深い眠りへといざなった。

◆◇◆

「おはようございます、お母様」

——なんだろう？　ふわふわと虚《うつ》ろな意識の中で、見覚えのある景色が広がる。

扉を開いた幼い私がお母様の元へと駆け寄っていく様子を、今の私が俯瞰して見つめているような、そんな感覚だ。

「おはようリーシャ、今日もいい天気ね」

お母様は私と同じダークブラウンの長い髪を無造作に後ろにまとめていた。翡翠《ひすい》色の瞳はキラキラと太陽のように輝き、好奇心でいっぱいの様子で試作品のポーションを見つめている。

見慣れた光景だった。お母様はいつものように陽気に鼻歌を歌いながら、薬を作るために試行錯誤している。

その表情はウキウキしているという言葉がよく似合う。本当に楽しそうだ。

過去の私はそんなお母様の足元でつまらなそうにしゃがみこんでいて、幼かったマディソンは部屋の中で昼寝をしていた。

「お母様、そんなことをしていて楽しいのですか？」

「もちろん！　考えてみてリーシャ。ポーションでたくさんの人が笑顔になれたら幸せじゃない？

銀龍さんとも約束したからね」

「また銀龍の話？」

ため息をつく幼い私。それを見てお母様が眉を下げた。

「リーシャは信じてくれないの～？　母様は悲しいなぁ」

「妄想は嫌いです。それよりも今日は寒いですから窓を閉めましょう」

「だめよ！　リーシャ、外の空気は吸っておかないと不健康になるわ。頬を撫でる風やほのかに感じる花の匂いがお母様の身体を癒してくれるのよ」

「……気休めですよ。お母様はもっと身体を大事にしてください。お医者様からも本当は寝ているように言われているのに」

「大丈夫、大丈夫！　お母様はこう見えても元気いっぱいなのよ！」

そう言って幼い私の頭を撫でるお母様を見て、今の私は届かない声で叫んだ。

嘘だ。幼い時も私は気付いていた。

日に日に骨ばっていくお母様の手。隠しているつもりだけど夜に咳き込んでいるのも知っていた。

弱っていく身体が辛《つら》いことは見れば分かっていた。

今だって、よく見ればポーションを持っている手が震えていることが分かるのに——

「「どうして……お母様はそこまで無理をなさるのですか⁉」」

思わず、幼い私と同じタイミングで尋ねる。

「私は怖いです。お母様と少しでも一緒にいたいの、だから無理しないで」

すると、お母様は本音を吐露《とろ》した幼い私を視線を合わせてから優しく抱きしめた。

「ごめんね。でも頑張らないといけないの……私の夢のためにも」

「ポーションで皆が安心できるようになることですか？」

「それもあるけど、もっと大切な夢があるの」

「大切な？」

そうだ、お母様は何か別の夢を語っていた気がする。

私が託された夢は別の意味を持っていたことを思い出していく。

それは……お母様が何よりも望んでいたことだったはずだ。

「そう、私が本当に叶えたい夢は――」

第六章　聖女にさよならを

「お母様……」

伸ばした手は空を切り、懐かしきお母様に届くことはなかった。

夢だと悟って瞳を開くと自然と涙が零れ落ちていく。体を起こして、慌てて涙を拭う。

いけない、泣いている姿でシュラウドにおはようとは言えない。

咄嗟に隣に視線を向けると、寝台で寝ているはずのシュラウドが居ない。

何処《どこ》に行ってしまったのだろうかと辺りを見渡すと、何やら外で物音が聞こえる。

そっと寝室の扉を開き、足音を立てないように騒ぎの元となっている玄関を覗き見て、思わず息を呑んだ。

着替えを済ませたシュラウドが玄関で相手をしているのは、金色に光り輝く騎士たちだった。

忘れるはずもない。ついこの前、この辺境を訪れた王家近衛騎士団だ。

シュラウドは渋い顔をしながら、近衛騎士団の一人に視線を向けている。

「……それは陛下が言ったのか？」

「い、いえ……私たちも上官より知らされたことなので」

「王城を訪れるなとはどういった理由だ」

シュラウドの問いに、騎士の一人がワタワタと手元の書類を見つめる。

よく見れば黄金の騎士達は以前来た者たちと比べると誰もが幼いようだ。この前やってきた彼らとは違う表情と言葉遣いに、新人なのだろうとあたりを付ける。

私が息を殺して眺めていると、その若い騎士は書類の一部分をシュラウドに見せた。

「えっと……王城でケインズ殿下が二十歳となる誕生会を行うとのことです。諸侯貴族様方が王城へ集まりますが、安全のためにも辺境伯殿には国防に専念していただきたいと……」

「誘いの便りが来たかと思えば、今度は来るなと釘を刺してくるか」

「前回お誘いした際には断られたとお聞きしております。気が咎めないようにするための配慮だと思っていただければ……」

「俺の気が変わり、参加をしたいと申し出ればどうする気だ？」

「申し訳ありませんがこちらも上官からの命令がありますので、強引な手段で辺境伯領に留まっていただくことになりますが……よろしいでしょうか？」

おずおずと言ってはいるが、武力を行使して止めるという内容は変わらない。物騒な言葉に思わず足を踏み出しかけると、シュラウドがその場の緊張感に似合わない笑みを浮かべた。

その笑みに足を止める。

するとシュラウドは振り返って、私に向かって言った。

「……行こうか、リーシャ。王子殿下を盛大に祝いに行ってやろうじゃないか」

探すわけではなく、初めから私がいることが分かっていたと言わんばかりの視線に息を呑む。

いつから気付いていたのだろうか。

それにどうしてシュラウドはこの前の誘いを断ったのに、そんなことを言っているのだろうか。

いくつかの疑問が頭を駆け巡る。同時に近衛騎士がシュラウドの答えに素早く腰に差した鞘を払い、錆一つない刀身を彼へ向けた。

「お考え直しください」

「断る。俺は、リーシャを社交界に連れ出して着飾らせたいからな」

シュラウドのふざけているようにも聞こえる言葉に、近衛騎士はますます表情を歪めた。

「くだらぬ理由だ。強引な手段を取らせていただくと言いましたでしょう？　あなたが断るのであればしばらくは動けなくさせてもらいますが」

「俺は今まで我慢して生きてきた彼女に色々な経験をしてもらいたいだけだ。身に付けたいものを纏《まと》うのは心躍る経験だ。もうこれ以上彼女の経験を奪う者は俺が許さない」

その言葉を皮切りに近衛騎士たちが動き出す。

「ならば、この場で怪我をしていただきますよ。辺境伯殿！」

近衛騎士が剣を振りかぶる。振り下ろされたそれは瞬く間にシュラウドの足を貫いた——かに見えた。

しかしシュラウドはそれをいとも簡単にかわすと、走ってきた近衛騎士を受け流すように投げ飛ばした。体格ではシュラウドが大きく勝っているわけではない。力でなく、技術による投げが鮮やかに近衛騎士の身体を空へ舞わせる。

気付けばあれよあれよという間に、数人が投げ飛ばされてしまった。

まだシュラウドは自身の剣を抜いてすらいない。

「彼女が社交界に出る機会をお前達ごときに奪わせない。もう俺だけのリーシャだ」

涼しい表情で言い放つ彼に近衛騎士たちが臆したその瞬間を逃さず、彼は間合いを詰めていく。

「っ⁉」

「安心してくれ、大怪我はさせない。お前たちにはやってもらうことがあるからな」

なんて邪悪な笑み……あれではどちらが悪者か分からないぐらいだ。

見守っている間に、近衛騎士たちは最後の一人となってしまった。

そんな彼も「まだやるか？」とシュラウドに問われた声を受け、両手を上げて剣を手放す。

彼らのプライドを、素手でねじ伏せたのだ。

シュラウドはわずかに土埃のついた手を払い、こちらを振り返った。

「これで異議を唱える者は居なくなったようだ」

何事もなかったかのように話し出さないでください……

すぐにでも王都へ向かおうと言わんばかりの笑顔に、私は苦笑しつつ聞いた。

「王都に向かうとすれば、ここはどうするのですか？　シュラウドがいなければ兵士の方が困るのでは？」

「リーシャのおかげでこの地はだいぶ落ち着いている。それに兵たちは暫く俺が不在にする程度で成り立たなくなるほどやわな鍛え方はしていない。……心配するとすればバッカスぐらいだ」

冗談めかした言葉に思わず笑ってしまう。

杞憂だった。しかし、こんな時でもバッカスさんが話題に上がるのはいい意味で気に入られているのかもしれない。

きっと彼のことだから、さっき言った理由以外にも王都へ向かう意図があるのだろう。

「分かりました。行きましょう、王都へ」

そう言って頷くと、シュラウドはまた優しく私に微笑みかける。それから彼は予想もしない言葉を吐き出した。

「それからお前達だが……まだまだ実力不足だと理解しただろう？　お前たちには、俺が不在の間この辺境伯領で俺の兵から指導を受けてもらう」

「は!?　な、何を言っているのですか」

体を強く打ち付けて動けない騎士たちが、シュラウドの不穏な言葉に目を見開く。

その反応は当然だ。しかしシュラウドは止まらない。笑みを浮かべたままつらつらと彼らに演説を始めた。

「俺はルドルフ陛下から王命を受けて、この辺境伯領を治めている。王命はこの国を守ることだ。辺境伯が国を守るためであれば国内の武器や兵などを集め、使用することを許可されているのは知っての通り。そしてお前たちは王家の剣だ。そんなお前たちを鍛えることは国防に繋がる。そうだろう？」

こじつけだ。あまりの言葉にざわめきが騎士たちに広がっていく。

そこへシュラウドのダメ押しの言葉が重なった。

「そこのお前は、勢いが良すぎだ。だが目は充分にいい。その視野を活かせ」

「へ？」

シュラウドに指さされた騎士が戸惑いの声を上げる。しかしシュラウドは彼に答えることなく別の騎士たちを指さした。

「そことそこ。お前たちは俺に連携して立ち向かおうとした。剣技は粗かったが、勝つための戦略としては上等だった。それから――」

ノンストップで、シュラウドが騎士たちの欠点と美点を上げていく。そして、最後にシュラウドはこう締めくくった。

「今言ったことは全て事実だ。ここで鍛錬すれば、きっと俺を超える王の剣となれるはずだ」

その言葉に困惑していた騎士たちが息を呑んだ。

あれだけの乱戦の中で、彼がそれぞれの剣の使い方まで見ていたことに私も驚く。シュラウドは静かに彼らの返事を待っているようだった。

しばらく沈黙が漂っていたが、やがて、地面に転がっていた一人が姿勢を正して立ち上がる。

「リオネス辺境伯殿。我々は——王家の剣となれるでしょうか」

「ああ、そうでなければここに残る提案などしていないさ」

シュラウドの頷きに、ホッとしたように騎士が目を瞬《しばたた》かせる。

「力不足を痛感しました。それを補えるのであれば……」

ぜひ、という言葉を発した彼をきっかけに次々と声が上がり、結局近衛騎士全員がこの場に残ることを受け入れた。

実力と、口車。二つで見事に近衛騎士たちをまとめ上げてしまったシュラウドに視線を送る。

この結果を狙って出来るのは、彼の辺境伯としての才腕だ。

そんな彼が私の味方でよかったと改めて胸を撫で下ろした。騎士たちは拘束されることもなく、立ち上がって自主的にシュラウドの前に跪く。

その後、呼び出されたバッカスさんが苦笑しつつ、彼らを先導して何処《どこ》かに連れていった。

それを見送ると、シュラウドが微笑んで私に向き直る。

「さあ。それでは王都に赴こう。君と夜会に出るのが楽しみだよ」

「私も楽しみです。でも本当はそれだけが理由ではないでしょう？」

「どうしてそう思う？」

「辺境伯領に必要だと思わなければ、あなたはここを離れない。違いますか？」

私のためと言ってくれたのは嬉しかった。けれど、そのような私心だけで動くような人ではない。

そう聞くと、シュラウドが苦笑した。

「……その通りだ、陛下にケインズ殿下とポーションについて相談したい。陛下がこれほどあっさりと前言を翻《ひるがえ》すとは俺には思えない。それに」

「それに？」

「君の妹についてもケジメをつけるべきだと思ったのだ。前に君から聞いたマディソンの正体……証明すべきはきっと今だ」

その言葉に目を見開いた。そこまで考えてくれていたなんて……

「また、もらってばかりです。いつかこの恩を返したいのに、積み重なっていくばかりみたいで」

こぼれ出た言葉を聞いたシュラウドが、顔を近づけてくる。驚いて後ろに下がろうとしたけれど間に合わなかった。乾いた唇が触れる。漏れた吐息と共に顔が離れて、彼は私の髪を優しく撫でた。

「君の着飾った姿を見せてくれればそれで充分だ」

冗談めかした言葉に笑ってしまう。

「ありがとう。……お母様の夢を叶えるために、そしてその夢を利用しているマディソンたちを止めるためにも、力を貸してくれますか？」

「もちろん」

即座に頷くシュラウドが愛おしくて私はまた抱きついてしまう。

それからの準備は早かった。

エリーゼさんにポーションの在庫のほとんどを預け、荷造りをする。兵士たちへの引き継ぎも順調に進み、すぐにでも出発できるかと思ったのだけれど、一つだけ困ったことがあった。

クロが何故かついてきてくれないのだ。

いつもは呼べばトテトテと歩いてくるのに、今日は何故かいくら呼んでも部屋の隅で尻尾をチラチラと動かすばかりだ。こちらから向かって、抱き上げようとすると嫌がって暴れてしまう。こんなことは初めてだった。

どうしようかと頭を悩ませたが、兵士の方々が嬉々として世話を申し出てくれた。

エリーゼさんも含め、猫好きな方はかなり多かったようだ。

「すぐ帰ってくるからね」とクロに伝えると、「ニャン」といつもの元気な声で鳴いて尻尾を揺らしてくれる。

その姿と声に、嫌われたわけではないのね、と少しだけほっとした。

さて、準備を済ませ、王都へと向かう馬車へシュラウドと共に乗り込む。

クランリッヒ邸を出た時と同じ馬車でマディソンたちに会いに行くことを不思議に感じる。

マディソンに会うと決めたのに、ちっとも怖くない。

それはきっと、あの時の私から変わることが出来たからだろう。

辺境伯領という居場所があって、信頼できる人もいる。隣には全てを受け入れてくれた彼がいて、馬車の中でも手を繋いでいてくれる。馬車の窓から見える空は、まるで私たちを送り出してくれているように雲一つない。

マディソンに会いに行くのは、かつての無抵抗だった人形ではない。

シュラウドの隣に立つ一人の薬師として、彼女に会いに行こう。

「偽物の聖女はもう終わりにしましょう……マディソン」

ガラガラと車輪が回り、砂煙を上げる馬車の中で、人知れず自分を鼓舞するように呟いた。

◆◇◆

遠目に見える王城は本当に人の手で作ったのかと、唖然《あぜん》としてしまう大きさだ。

王城の周りに広がる都では、家々が規則正しく立ち並び、整備された道には活気溢れる人々が行き交っている。木々が生い茂る箇所がいくつもあり、石造りの建物の息苦しさが上手く解消されている。自然とも上手く共存しているようだ。

王都に来るのは、ほとんど初めてだから景色に感動してしまう。

幼き頃はお母様の看病もあったから王都へ行く機会は全て断っていたし、お母様が亡くなってからはマディソンたちに連れられてきたこともあったけれど、馬車の中にいるようにと言われていたから、詳しい街の中は知らなかった。

そんな訳で王都へやってきたのだけど……私はシュラウドからの愛情を見誤っていたようだった。

「……やはりフリルの付いたドレスも可愛いな。このドレスの各色を見繕ってくれ。寒くないようにそこのケープレットもだ。ああ、このカチューシャも可愛い君によく似合う」

馬車を降りてすぐ、ふらりと立ち寄った衣服店は仕立ても兼業しているようで、次々とシュラウドから繰り出される注文に、主人は嬉しい悲鳴を上げている。

私はそんな彼の横で遠い目をして立ち尽くしていた。

「これから辺境伯領は寒くなるからコートもいくつか頼もう。リーシャ、こっちのドレスも着てみないか？」

「あの、恥ずかしいのでやめてください……」

「いや、止められない」

真剣な表情の彼にそれ以上の反論は出来ず、言われるがままに試着を繰り返す。

正直、楽しくないとは言えない。

様々な色の布はどれも目移りする程に美しく、職人が仕上げたドレスはため息が漏れてしまうほどに綺麗だ。それを着て彼の前に立つのは恥ずかしさもあるけど、それを見ては喜んでくれる彼の笑顔に嬉しさが勝った。

とはいえ。

「これと、それとあれも……あちらもいいな」

「……こんなに必要ないですよ、シュラウド」

「辺境伯としての蓄えは豊富にある。俺が君に着てもらいたいだけだから気にするな」

「限度があります！」

山と積まれた購入決定のドレスと服を指さすと、シュラウドがようやく動きを止めた。

「……確かに歯止めが利かなくなっていた。だが、どれも君に似合うから……」

そう言って咳払いをするシュラウドを見て、「愛されてるね」と店主に囁かれ、顔が熱くなる。

次に来る際には買うべき品数を決めておくべきだと心のメモを取っておこう。

購入した品のほとんどを辺境伯領へ送り届けてもらうことにし、今夜のためにだけ一点のドレスを馬車へ丁寧に載せてもらった。フリルの飾りが可愛いドレスはシュラウドの瞳の色に似ている綺麗なグリーンカラーだ。

店主に大げさなほどのお礼を言われてから、私たちは改めて王城へと向かった。

しかし王城へと向かう道で、かすかな違和感を覚える。

「やけにざわついているな……」

シュラウドが馬車の窓から外を見る。私も同じように外を覗いて頷いた。先程までの陽気な賑わいとは違う、異様なざわつきが漂っている。人々はどうやら一つの方向へ足を進めているようで、その目は一様に熱を帯《お》びているように見えた。

シュラウドは御者に言って馬車を停めさせると、道行く人の一人に声をかけた。

「すまない、皆は何処《どこ》に向かっている？」

すると彼は頬を紅潮させ、知らないのか？　とでも言うように腕を大きく振って答えた。

「聖女マディソン様がこの先の広場でそのお力を披露されるそうだ！」

その言葉に思わずシュラウドと視線を交わす。

私たちの動作には気が付かなかったのか、彼はさらに興奮した調子で続けた。

「あぁ、聖女様の御業《みわざ》が見られるなんて、なんて幸運な日だ。あんたもそう思うだろう？　聖女様がいるこの国は安泰だ！」

身なりで貴族だと分かるシュラウドにさえ崩れた口調なのは、彼が高揚しているせいだろう。

しかし、聖女は崇拝されているとは聞いていたけれど、ここまで熱狂的だとは思っていなかった。

私はシュラウドと再び視線を合わせ、おのずと頷いた。

「ありがとう。良い日を」

「あんたもな！」

男と会話を終わらせ、馬車を広場へと向かわせる。

すると大勢の人々が広場を囲んでいた。よくよく目を凝らせば、中央に王家近衛騎士達に囲まれたマディソンがにこやかな笑みを浮かべている。

真っ白なドレスで身を包み、長いトレーンを数人の使用人に持たせた彼女は、手を振りながら民衆へ声をかけた。

「今日は集まっていただきありがとうございます。皆様に聖女のご加護を」

たった一言の呟きに、群衆から身震いするほどの歓声が上がる。

その聖女然とした姿と、過去の彼女の醜《みにく》い笑顔が重なる。

彼女が聖女なんて嘘だ、と叫びそうになって思わず口元を押さえた。

本性を知っている私から見れば、あの姿は民衆を騙すために作り上げたハリボテの偶像だ。

しかし、どれだけの人々を騙してきたのか、民からは神と変わらぬ信仰を受けているように見える。

「お集まりいただいた皆様！　本日は聖女マディソンの力をお見せしましょう!!」

舞台上で声高々に宣言しているのは父、ライオスだ。その言葉に、興奮した民衆が水を打ったように静まり返り、マディソンの一挙手一投足を見逃すまいと目を凝らす。

馬車の中にいる私たちも同様に、息を殺して彼女を見つめた。

「……皆様にお見せします。神様から頂いたこの奇跡の力を」

マディソンはそう言って、水の入ったガラス製のコップを受け取り、祈りを捧げるように天を見上げる。民衆から食い入るように見つめられる中で、マディソンは小さく頷いた。

それを見たライオスが指示をすると、傷口から血が滴り、腕が真っ赤に染まった怪我人がやってくる。ショッキングな光景に、民衆が息を呑んだ。

ただ、傷口からそれ以上血が流れてこないのを見るに、傷は浅く、かすり傷のようだ。傷周りの過剰な血は塗料か家畜のものを使っているのだろう。

私とシュラウドが顔を顰《しか》めるのと同時に、ライオスがまた声を張り上げた。

「聖女が祈りを込め、奇跡の力でただの水をポーションへと変えました！　ご覧ください！」

マディソンが手に持つコップを怪我人に飲ませ血を拭き取ると、見る見るうちに傷口が治ってきれいな肌が現れる。弱ったように頭を下げていた男が、見せつけるようにその場で腕を振り回した。

群衆から大きな歓声が上がる。

「これが聖女の力!!　この国をさらに富める国へと変える奇跡の力です!!」

マディソンが本物の聖女ではないと確信している私たちには手品にしか見えないが、確かに民衆からは奇跡の力に見えるだろう。ライオスの声はさらに続いた。

「この国に死に怯えずに済む安心を！　苦しまずに済む世界を必ずやマディソンが作り上げます」

芝居じみた言葉だが、集まった群衆には神からの宣託のように聞こえたのか、跪きだした者が後を絶たない。

こうしてマディソンは信頼――いえ、信仰を集めているのね……

幼き頃とは違う、今の私には彼女が行っていた悪行が手に取るように分かる。

やはりマディソンは、お母様の夢を利用して……

顔を顰《しか》めているとマディソンの隣でライオスがさらに大声を上げた。

「さらに明日、皆様にはさらなる力をお見せしましょう!!　聖女として成長を遂げた彼女は完全なるポーションを作り上げることに成功したのです！」

予想外の言葉に私とシュラウドは顔を見合わせた。

しかし、今は話など出来ない程に民衆の歓声が空気を震わせている。

「聖女様がさらにお力を!?　これは神がレーウィン王国へ与えた奇跡だ！」

「俺の息子も治療してくれ、なんだってする！」

「今まで他の国の聖女を羨んでいたこの国に、神様がご加護をくださったのだ‼」

大歓声の中、マディソンがニコリと頬を緩め、手で制すと声は途端に静まった。

静寂に包まれ、彼女はゆっくりと話し出す。

「完全なポーションを生み出せるようになったのは紛れもなく皆様のおかげです。しかしいまだ力は不完全であり、完全なポーションを生み出せるのは一か月に一本ほど……」

彼女らしくもない殊勝な言葉だが、それを聞いた民衆から落胆の声が上がる。しかしそれも計算のうちだったように、マディソンは力強く彼らに訴えた。

「しかし聖女《わたし》の力は、皆様からの祈りや想いによって高まります！　人々に安心と安全を生み出し、この国を富める国とするために皆様のお力添えをお願いしたいのです！」

彼女の言葉と共に、ライオスや、マディソンの周囲にいた人間が一斉に箱を開いた。中身は空っぽだ。そこにキン、と金属音が鳴る。誰かがコインを投げ入れたのだ。民衆はその音に背を押されたように次々に懐から金を取り出し、投げ入れ始める。

「もちろん協力させてくれ！　聖女様」

「私もお布施します！　だからいつか娘を癒して‼」

「この国をさらによくしましょう、皆の力で！」

あっという間に箱の中が埋まっていく。この人数とあれば相当な金額となるだろう。

遠目から見ても、箱の中を見つめるライオスが卑しい笑みを抑えきれていないことがよく分かった。

「どう思う？　リーシャ」

「茶番です。飲ませた液体はお母様が遺した未完成のポーションでしょう。怪我の治り具合を見ても私の記憶の中と相違ありません。やはりマディソンは聖女の力を偽っています」

シュラウドの声に私は確信をもって答える。

今まで彼女が聖女だと疑いさえ持っていなかったことを恥じたい。

ポーションを見れば、一目瞭然だったではないか。

私がマディソンを聖女ではないと断定したのは辺境伯領でのことだ。

激昂したシュラウドに頬を切られたマディソンは、血がドレスに垂れても自分に癒しの力を使うことはなかった。簡単な傷であれば自分で治療できると言っておきながらだ。

誰を救えたかとシュラウドに問われた際に、彼女が表情を曇らせたのはマディソン自身の力では誰も救えていなかったからで、聖女についての話を誤魔化したのもボロが出ないようにしたかったからだろう。

今にして思えばライオスがことさらにマディソンを聖女だと私に言い聞かせ虐《しいた》げたのは、私が真実にたどり着けないように洗脳するためだったのだ。

マディソンが聖女として活躍する姿など幼い頃にしか見たことはなかったが、十年ぶりに見てみれば、彼女の使う『ポーション』はお母様が遺してくれた不完全なポーションだと丸分かりだ。

確信を持って言えるのは私が誰よりもポーションについて知っているという自負があるからだ。

「でも、一つだけ気掛かりがあります。明日に完全なポーションを見せると言っていましたが……

彼らはどうやってそれを手に入れたのでしょうか？」

「他国から仕入れた可能性は……難しいな。他国の聖女が作ったポーションはあまりにも高価だし、いかに民衆から寄付を募っても届くはずがない」

「最も可能性が高いとすればレーウィン王国が既に所有しているポーションだと思いますが……」

彼女はケインズ殿下に選ばれたと言っていたから、後ろ盾に彼がいることは間違いない。

私の言葉にシュラウドが頷いた。

「……確かにケインズ殿下がマディソン達と絡んでいるとすれば可能性はあるな」

「ですがポーションの管理は厳重にされているでしょうし、盗めばすぐにばれると思います。彼らが手に入れた方法が分かりません」

「ともかく、すぐに王城へと向かって国王陛下にお伺いを立てよう。あの方なら話を聞いてくださるはずだ」

歓声が鳴り止まない中、シュラウドは御者に指示して馬車を走らせる。

マディソンは私達が王城へ来ていることは知らないはずだ。この機を逃さず、証拠を隠される前に早急に動かねばならない。

走り出した馬車の車窓からマディソン達を見つめる。

本当は今すぐにでも叫んで詰め寄りたい。

マディソンは、病気で辛《つら》く苦しんでいた間際でさえ夢を諦めなかったお母様の想いを踏みにじったのだ。お母様のポーションで自身を聖女だと偽り、お布施で金儲けをするために悪用している。

そんな彼女への怒りでどうにかなりそうで、唇を噛みしめてなんとか抑える。

今出ていっても何も出来ない。最高の一手を打つためにも今は怒りを鎮めないといけない。

強く手を握り締めると、そっと私の手にシュラウドの手が重なった。


馬車で王城までたどり着き、シュラウドが訪問を伝えるとすぐに控えの間に通された。

外からは無骨で堅牢な造りに見えたが、王城の中は煌びやかな装飾で彩られ、息を呑む程綺麗だ。

見たこともない大きなシャンデリアが私達を照らしている。

待ち時間はそう長くはなかった。

文官らしき男性が一人走り込んできて、シュラウドに頭を下げる。どうやらシュラウドと旧知の人物らしく、今まで硬かった彼の表情が少し和《やわ》らぐ。しかしそれもわずかな間だった。

「——国王陛下と謁見が出来ないとはどういうことだ」

「実は少し前から、国王陛下は病に伏せておりまして……。伝染病かもしれぬので人は近寄らせるなと指示がありました。シュラウド様の御身が危険かと」

「容態は重いのか？」

「残念ながら……医者には原因が見つけられていないようです」

「他国からポーションを仕入れていただろう、あれはどうした？」

「そ……それがポーションを飲んでも一向に体調はよくならず、悪化していくだけなのです」

その言葉に私とシュラウドの表情が歪んだ。

——ポーションを飲んでも？

そんなはずはない。聖女としての力を持たないマディソンが作ったものに効果はなくとも、真の聖女の祈りによって力を捧げられたポーションには確かに力があるはずだ。

「ちなみにその指示は誰からだ？」

「ケインズ殿下がお命じになりました」

その言葉にシュラウドがこちらを窺い見た。ここでケインズ殿下の名前が挙がるのはどうにもきな臭い。私は小さく息を吸って、二人の元に歩を進めた。

「お話の途中に失礼します……私を国王陛下と会わせていただくことはできませんでしょうか」

「あ、あなたは？」

動揺した文官に向かって背筋を伸ばし、手に持ったトランクを握る。

「辺境伯領の薬師、リーシャと申します。私であればそのご病気をなんとかできると思います」

半分はハッタリだ。ただ、病気だというなら治したいし、今の私ならポーションを用いることで大方の病を治すことが出来るだろう。

文官を見つめると、彼はさらに戸惑った様子で私を見つめ返した。

確信はなかった。

だけど、王家が所有していた完全なポーションが効かないなど、にわかには信じられない。

何よりも、マディソン達と不可解な関係を持つケインズ殿下が関わっているこの話に疑心が募るのだ。

「し……しかしこの国の名医が診て分からぬ病を……あなたが」

「信頼してほしい。陛下を救えるのはきっと彼女しかいない。それに……嫌な予感がする。俺と彼女がここに訪れたのは、陛下とポーションについて話すためだ」

シュラウドの言葉に男性は私達の顔を交互に見てから、小さく頷いた。

「……シュラウド様がそこまで言うのであればどうにか陛下に伺いを立ててみましょう」

彼はそう言って走り去っていく。

それから少し時間を置いて王の寝室まで赴いてほしい、と彼が帰ってきて言った。余程のことがなければ国王の寝室に招かれることなどない。国王陛下の容態は酷く悪いのだろう。

私とシュラウドは視線を合わせてわずかに頷き合った。


「――失礼いたします。国王陛下」

シュラウドが入室すると、大きな寝台で陛下は横になっていた。

この国の現王である、ルドルフ・レーウィン国王陛下は静かに荒い息を吐く。

その顔色は悪く、痛みに耐えて呻き声を上げている様子は痛ましい。しかし私とシュラウドが近寄ると、陛下はうっすらと目を開けてこちらを見た。

すると、老いてはいない強い視線が私たちを射貫く。陛下はまずシュラウドを見て、わずかに頬を緩めた。

「シュラウド……病がうつるかもしれないのにここまで……」

その言葉にシュラウドは陛下の傍で片膝をつき、頭《こうべ》を垂れる。

「お心遣いに感謝します。ですがどうかこれからは頼ってください」

「……父親に甘えていた貴殿から心強い言葉が聞けるとは。もっと早く頼るべきだったか」

ぜえぜえという荒い呼吸の中でも冗談めかした言葉を吐く陛下に、シュラウドがなんとも言えない表情を見せる。その和やかな雰囲気からシュラウドが陛下を信頼しているのがよく分かった。

同時に、心配する気持ちも強く伝わってくる。

それから陛下の視線が私へと注がれる。私は慌てて頭を下げた。するとシュラウドが私の肩にそっと手を置いて、陛下に声をかけてくれた。

「申し遅れました。彼女が薬師のリーシャです。ポーションについて彼女と申し述べたいことがあり、参りました」

しかし、陛下からは何も返事がない。何か粗相をしてしまっただろうか、とひやりとする。

シュラウドからも訝《いぶか》しむような声が飛んだ。

「陛下、いかがいたしましたか？」

「……いや、すまない。顔を上げてくれ」

その言葉におずおずと顔を上げると、陛下は私を見てくしゃりと顔を笑みで歪めた。

「昔、君とよく似ている薬師がいた。同じ翡翠《ひすい》の瞳で髪色も同じだったが……君は少し白が交ざっているようだ」

まさか……この人はお母様を知って――？

私は寝台の横に跪き、顔がよく見えるように陛下を見つめた。

「私の母の名はミレイユと申します」

私の言葉に、陛下が目を見開く。

「っ……そうか、君がミレイユの娘か……！」

「少し事情があり、今は辺境伯領で薬師として務めております」

そう言うと、陛下は笑みを頬に刻んだ。

「やはり寝ていても当たり前に時間は進むのだな……。ミレイユの娘がこうして立派に育っているのを見て安心した。母と同じ薬師になったのだね？」

「はい。そして今日は陛下のお助けになれればと思い、ここに参りました。不敬を承知で申し上げます。少しお身体を診せていただくわけにはいきませんか？」

私がそう言うと、国王陛下はわずかに顔を顰《しか》めた。

「ああ、構わん。しかしポーションを飲んでも容態はよくなるどころか酷くなるばかりだ。手先も痺れて自由が利かない。もはや助かるまい」

「諦めてはなりません！」

陛下の威厳ある顔立ちに相応しくない弱気な言葉に思わず声を張ると、シュラウドと陛下が目を丸くする。やってしまった、と俯《うつむ》くと、陛下は少し間を開けてから愉快そうに笑った。

「……そなたは、ミレイユに似ているな。いやすまない、自由にしてくれ」

そう言って、陛下は私を招いた。その言葉にありがたく彼の元に近寄る。改めて症状を問うと、発熱に吐き気、胸や腹の痛みに加えて手先の痺れがあるようだ。

初めは風邪程度の症状だったため、宮殿に仕える医師たちの診断を受けたうえで一般の薬を服用していたそうだが、周囲とケインズ殿下からの強い勧めで王国所有のポーションを飲んだそうだ。

しかし症状は一向に回復せず、むしろ悪化しているという。

「不完全ながら君の妹が作り出したポーションも充分に効果があると信じ飲んでみたが、私の病には残念ながら完全なポーションと同様に効かなかったようだ」

時間が経つにつれて、手足の痺れや、腹と胸の痛みが増していると聞いて、何かが引っかかる。

今の言葉は身に覚えがあったからだ。

「確認したいことがございます。陛下が今まで飲んだポーションの味はいかがでしたか？」

「味？　王家で所有していたものは無味であったが……ああ、マディソン嬢が生み出したポーションは何処《どこ》か辛《から》みがあったな」

「……マディソン達から受け取ったポーションはまだ残っていますか？」

「残ってはいるが……どうかしたのか？」

「どうか確認させてください。貴重な品だとは理解しています……ですが、どうしても確かめねばならないことがあるのです」

「わ、分かった。少し待ってくれ」

起き上がった陛下は枕元から小さな鍵を取り出すと、それで開くようにと言って寝台近くに置かれた棚を指した。秘薬の在処をあっさりと教えてくれるのは私達を信頼してくれているからだろう。

ありがたく棚の引き出しを開くと、薄い緑色のポーションがわずかに残されたガラスの小瓶が入っている。

私はその封を開いて、少しだけ口に含む。

「な！　何を？」

「お待ちを。陛下、今はリーシャを信じてください」

焦る国王陛下をシュラウドが制してくれたおかげでじっくりと確認できた。ポーションを口の中で転がしてから、トランクから空の瓶を取り出し、見えないように口から吐き出す。

それからハンカチで口を拭い、私は陛下に向き直った。

「――無礼をお許しください。ですがおかげで分かりました。これは未完成どころかポーションですらありません……あなたを蝕《むしば》む毒薬です」

「な!?　何を言っているのだ」

私が告げた言葉に国王陛下は驚きと疑いの表情を浮かべる。

王として、この国の聖女を貶《おとし》めるような発言は看過できないだろう。

しかし私には確固たる自信があった。

「どうして毒だと？」

「母はポーションを完成させるために長年悩んでいたことがあります。薬効のある毒草から毒性がどうしても抜けなかったのです。その毒草の特徴がこの辛《から》みでした」

「何を言っているのだ？　ポーションを作っていたのはそなたの母だろう？」

「いいえ、私もポーションを製作する過程でこの毒草を飲んでおりましたから、この独特な辛《から》みもよく知っています。なので、ハッキリと言えます。マディソンが作ったというこのポーションは未完成どころか、中身を毒薬に入れ替えたものだと」

愕然《がくぜん》とした国王陛下は説明を求めるようにシュラウドへ視線を送る。シュラウドは小さく息を吸って、陛下に跪いた。

「申し遅れました陛下。彼女は母親から薬学を引き継ぎ、聖女しか作り出せぬ秘薬、ポーションをついに完成させたのです」

「な、なんだと!? そんな訳がないだろう! ミレイユですら完成できなかったのだぞ!?」

言葉で証明などできない、ならばすべきことは一つだ。

もしものためにと持ってきていたポーションを一本、トランクから取り出す。

「これをお飲みください」

とはいえ服用していたポーションに毒が入っていると言われたうえで、新たに別のポーションを渡されても、警戒するだろう。私は手のひらに少しだけポーションを注いで口に含む。

それから何も起きないことを見せてから、頭を下げた。

「誰よりもその毒については知っております。最初こそ手や足の先が痺れるだけですが、やがて全身の感覚を大きく鈍らせていきます。髪の色も抜け、いずれ内臓の痛みに襲われます。ですが早めに対処さえすれば必ず助かるはずなのです」

そう言うと、シュラウドが私の髪に視線を向けた。色の抜けた髪と内臓の痛み――それはどちらも私が苦しめられたものだ。陛下もハッと顔を上げ、私を見つめた。

「まさか君はこの毒を……？」

「ポーションを完成させるためです。母の悲願でしたから」

「そうか……ミレイユのためにそこまで……分かった、信用しよう」

陛下がポーションを一気に飲み干して、顔を歪めた。

「苦いな……」

初めは苦々しい表情を浮かべていた陛下だったが、次第に表情が晴れていく。

「お……おぉ!! 痛みが消えて、痺れもなくなっていく！」

ベッドから陛下がゆっくりと体を起こすと、嬉しそうに手を握っては開く。その姿に先ほどまでの痛ましさはなく、陛下はいつの間にか勇壮な表情に変わっていた。

間に合ってよかった。陛下を助けられたことが嬉しくて、思わず微笑む。

「国王陛下を蝕《むしば》む毒はまだ身体を殺すには至っていなかったのでしょう」

「これが本当のポーションの効能か！　で、では効果のなかった王家所有のポーションも入れ替えられていたのか？」

「症状も回復せずに無味であったのなら、可能性は高いかと」

「しかし……ポーションの中身を入れ替えるなんて大胆なことをするとは……」

「ポーションだからです。秘薬であるポーションを飲んだことのある人物など多くはいません。それは味の違いが分かる者もいないということ。聖女から渡された毒薬をポーションだと言われて見抜ける者はいない……暗殺にこれ程利用しやすい飲み物はなかったのでしょう」

「儂はまんまと騙されていたのか……」

「王家の所有していたポーションに触れることが出来る者はいますか？」

「元から所有していたポーションは国庫で保管されていた。その鍵は王家に連なる人間だけが持っているはずだ」

やはり……点と点が繋がっていく。

広場で言っていた、明日には完全なポーションをお見せするという言葉と、入れ替えられた王家所有のポーション。ケインズ殿下から辺境伯領への差し金——

陛下も犯人を察した様子で、身体を震わせた。

「なんと情けない。儂の目は節穴ではないか……肉親の企てにさえ気付けぬとは!!」

それから私とシュラウドはマディソンたちについて説明をした。マディソンが、未完成のポーションを用いて聖女と偽っていることや、その後ろ盾にケインズ殿下がいる可能性について聞くと、陛下はがっくりと項垂《うなだ》れた。

「ケインズは……やけに戴冠を急いでいると思っていたが、まさかこのようなことまで行うとは」

自分の息子が偽の聖女と手を組んで民を騙し、命さえ狙っていた事実はとても辛《つら》いだろう。

しかし陛下にはもう一つ辛《つら》いお願いをせねばならない。

「陛下、これらのことを踏まえて、一つだけお願いがあるのです」

「なんだ。私の——ひいてはこの国の恩人であるそなたたちにできうる限りのことはするが……」

「いえ、そのようなことではございません。ただこれからしばらくの間、今お話ししたことは内密にしていただけないでしょうか？　できれば陛下の体調も悪いままだと偽ってほしいのです」

「な、何故だ⁉　今すぐにでもケインズに事情を聞き取り、マディソンたちへも相応の処罰を与えるべきではないか？」

答えようとした私の肩をシュラウドが叩き、後は任せろというように頷いた。

「今すぐに彼らを問いただしても証拠を隠される可能性があるからです。既に二度、王家近衛騎士団から矛盾した通達が届きました。王家近衛騎士団にまでも既にケインズ殿下の手が入り込んでいるのでしょう。下手に事を荒立てると彼らは証拠であるマディソンを始末してしまいかねない」

「なんと……。しかし、儂の体調が悪いままだと伝えるというのは何故だ？」

「陛下と我々が会ったことを悟られては警戒されるかもしれません。彼らを確実に追い詰めるために、出来れば何も知らない間抜けを演じておきたいのです」

シュラウドの言葉を聞き、陛下はしばらく黙った後に静かに頷いた。

「分かった、そなたたちの言う通りにしよう。それに、ケインズの宴への招待状も書いておく。貴殿ならそのまま押し入ることも可能だろうが、持っておいて損はあるまい」

「ありがたく存じます……！」

陛下はそう言ってすぐにペンをインクにつけ、本日の宴への入場を許可する旨を書いてくれた。今度こそ正式な玉璽《ぎょくじ》が押され、ほう、と息を吐く。

ようやくケインズ殿下とマディソンを追い詰め、お母様の夢――ポーションを人の手で作れるようにして、平和な世界を築くことを実現する準備が整った。

嬉しさの勢いでそのまま顔を上げると、陛下がこちらをじっと見つめている。

「その上で一つ、儂の昔話を聞いてくれないだろうか？」

「もちろん構いませんが……」

なんのお話だろうと首を傾げると、陛下は懐かしむように微笑んだ。

「これは……儂とミレイユの話だ」

お母様の……？

私とシュラウドが目を瞠《みは》ると、陛下は楽しそうにお母様との日々を語り始めた。

「――ミレイユは身体が弱いが心は元気な女性だった。泥だらけになる程に走り回っていたかと思えば小難しい医学の本や夢物語などを読み漁る奇想天外な令嬢だと評判でな」

国王陛下にとって大切な過去なのだろう。目を細めて宙を見つめている。

「儂が彼女と出会ったのは退屈な茶会を抜け出し、王都の街の中へ忍んで行った時だ。彼女もこっそりと家を出てきていた時に知り合って、彼女の天真爛漫《てんしんらんまん》な魅力に惹かれてしまった」

「えっ」

思わず声を出してしまった。

お母様、思ったよりおてんばだったのですね……

陛下はそんな私の反応に頬を緩め、嬉しそうに話を続けた。

「互いにまだ身分について自覚のなかった頃の話だ。私は彼女にやれ探検だ、実験だと言われては共に街を巡り、お忍びで連れまわされたよ。特に大変だったのは辺境伯領の防壁の向こう側へ行ってみたいと言い出した時だ。放っておけばミレイユは勝手に行きかねん。儂は数人の護衛達を連れて、彼女と一緒に出向くことにした」

「ぼ、防壁の向こう側へ⁉　なんと無茶な……」

シュラウドの当然の驚きに国王陛下は軽快に笑う。

「本当に困らせられたよ。護衛がいるからと油断していたら、ミレイユはわずか数時間で行方不明になってしまい、必死に探していると夕刻前にはケロリと帰ってきおったのだから」

そこまで話すと、陛下は一度言葉を区切って私を見上げた。

「そして、その日からミレイユはおかしなことを言い出した。防壁の向こう側で銀の龍と会ったというのだ」

「銀龍――」

息を呑んだ。辺境の地で見た姿を思い出す。お母様から聞いたおとぎ話だと思っていたが、まさか国王陛下にまで話をしていたなんて……

「知っている……のか？」

秘匿の存在――銀龍を知っている私に驚きつつ、問いかけてくる陛下へ頷きを返す。

「はい、母から聞いておりました」

「そうか、ミレイユは君にも……」

私の言葉を聞いて、陛下はゆっくりと語り続けた。

「ミレイユが王家と辺境伯領の一部の者しか知らぬ情報を知っていることに驚きはしたが、……実際に出会えば生きて帰れる保証もないはずだ。儂は彼女が夢でも見ていたのではないかと言ったが、ミレイユは譲らなかった。それどころか銀龍との約束を果たすためにと言って、その日からポーションの製作を始めたのだ」

『考えてみてリーシャ。ポーションでたくさんの人が笑顔になれたら幸せじゃない？　銀龍さんとも約束したからね』

陛下の言葉に、昔のお母様の言葉がよぎる。やっぱりお母様は銀龍と何か約束をしたのだろう。

でも一体何を……？

「どんな約束かは知っていらっしゃいますか？」

「いや、どのような約束かも、そもそも銀龍と約束をしたということが真実かどうかも分からぬ。そして、そんなミレイユを貴族連中は奇人だ、異端だと騒ぎ立て、社交界から追放した」

その言葉に顔を顰《しか》める。

陛下も、長いため息を吐き出して首を振った。

「ミレイユは子爵令嬢としての地位はあれど、夢物語ばかり語り、薬学の研究ばかりを続けていた。両親はそれゆえ、彼女を家から追い出すようにライオスとの婚約を進めたのだ」

楽しそうな語りが、辛《つら》い過去に差し掛かると同時に低く、辛《つら》そうな声に変わっていく。

「ミレイユにとっては望まぬ結婚だったろう。……そして、娘の君に言うのは忍びないが、結婚を機に彼女の持病は大きく悪化したのだ」

私は国王陛下の話に頷きで返す。

いつも笑顔の印象が強かったお母様も、ライオスからの嫌味には悲しい表情を浮かべていた。

脳裏によぎったその悲しげな表情を振り払うように首を振ると、陛下は大きなため息をついた。

「儂はミレイユに惹かれていた。彼女の自由な魂を愛していた。今になっても立場に阻まれて彼女の夢に協力出来なかったことが、口惜しくて堪らない」

――ああ。そうだったのか……

陛下が、私を一目見て黙り込んでしまった理由がようやく分かった。同時に、お母様を愛してくれている人がいたことが嬉しかった。

陛下が拳を強く握りしめて私を見上げる。

「だから、彼女の願いを君に叶えてほしい。そのためなら儂は幾らでも協力を惜しまない。どうか彼女の望んだ世界を、作ってやってほしい」

きっと陛下はずっと悩み続け、悲しみと後悔を抱えていたのだろう。

少しでもその悲しみが晴れてほしい。お母様だってそう望んでいるはずだ。

涙を流す陛下と視線を合わせるように跪き、私は握られた手に自分の手を添えた。

「もちろんです。母の夢を叶えるためにお力をお貸しくださいませ」

陛下はくしゃりと涙の交じった笑みで頷いた。

その後、私と陛下はぽつぽつとお母様の思い出を語り合った。

話すことで思い出したこともあったし、陛下だけが知っている思い出もいくつもあった。

お母様が亡くなってから、父の前で母の話はほとんどタブーに等しかったから、ようやく話せたことが嬉しくて、話はなかなか終わらなかった。

「——そういえば、母は幼い頃に王様と遊んだ思い出を楽しそうに話していましたよ。陛下と同じように懐かしむような笑顔を浮かべていました。きっと、母にとっても色褪せない記憶だったのでしょう」

私の言葉に陛下は俯《うつむ》いた。

「そうか……ミレイユも覚えていてくれたのだな」

俯《うつむ》きながらも見えた陛下の頬は小さく緩んでいたのが見えて、私は微笑んだ。

「——さて、そろそろケインズ殿下たちがやってきてもおかしくはない。一度ここで失礼させてもらいます」

私たちの会話が終わるまで待っていてくれたらしいシュラウドの言葉に顔を上げる。

頷くと、陛下はベッドから体を起こして、深々と頭を下げた。

「へ、陛下……⁉」

「此度《こたび》のこと、本当に何から何まで迷惑をかける。しかし、どうか無事に事を成し遂げてくれ」

「……はい！」

シュラウドと一緒に頷くと、陛下はゆったりと手を振ってくれた。

◆◇◆

王城を後にして、辺境伯に与えられた別邸に向かう。

本来の目的であったケインズ殿下の誕生を祝う宴のために準備をしなくてはならない。

案内された部屋で私は届けられていたドレスに袖を通した。淡い若葉の緑を基調に、上品なフリルが所々にちりばめられ、きらきらとした宝石が彩りを添えている。肌の上を流れるように滑らかな生地のドレスは背中が開いていたけれど、柔らかな仕立てのショールが背中の醜《みにく》い傷を隠してくれた。

仕上げと髪のセットは、陛下の心遣いで派遣された王城の侍女の方にしてもらうことになった。

「リーシャさんはとても綺麗な方でしたので気合いが入ってしまいました」

そう言ってやり遂げた表情を浮かべた侍女さんが自信満々に胸を張る。その言葉は嬉しかったけれど、お世辞だと思ってしまうのは……マディソンに言われた「醜《みにく》い」という言葉が今でも記憶にあるからかもしれない。

とりあえずは、シュラウドの隣に立った時にあまりにみっともなくなければいい。

褒めてくれた侍女さんにお礼を言ってから、部屋の外に出る。

すると既に正装を身に纏《まと》ったシュラウドが私を待っていた。

髪が綺麗に整えられ、式典の時のための豪奢《ごうしゃ》なマントが彼の美貌を引き立てている。緑色の瞳に映える、胸元のエメラルドの飾りが華を添えていた。

その凛々しくも壮麗な格好に、ほう……とため息を漏らす。

シュラウドはそんな私を見て苦笑した。

「どうした、そんな顔をして」

「いいえ、あまりにも似合っていたので……」

「それはリーシャの方だ。ドレスを買った時にも似合うと思っていたが、実際に袖を通したところを見ると——本当に誰よりも美しい」

最後の言葉は耳元に囁かれて、思わず顔が熱くなった。

……私が馬鹿だった、マディソンに言われたことなど関係ない。誰に笑われても気にすることなんてない。目の前にいる大好きな彼の言葉があれば、何よりも嬉しいのだから。

それに驚きはさらに続いた。シュラウドは私を見て微笑んでから、そっと手を取る。

いつの間にかシュラウドの手の中には装飾された小箱があった。

その中には私達の瞳の色と同じ、翡翠《ひすい》の宝石の指輪がキラキラと輝いている。

「これは……？」

「本当は辺境伯領に帰ってから渡す予定だったが、社交界で俺達の関係を知らせるにはこれが一番だ。今はお守りだと思ってつけていてほしい」

今は、という言葉に思わず顔を上げると、なんでもないようにシュラウドが首を傾げる。しかしよく見ればシュラウドの耳が赤く染まっていて、私まで恥ずかしくなってしまった。

「つけてくれるか？」

「も、もちろんです……」

おずおずと手を差し出すと、シュラウドは指輪を箱から抜き取って、そっと私の指につけてくれる。

よく見れば、シュラウドの左手には既に同じ指輪がはまっていた。

「行こうか、リーシャ」

「っ……はい！」

おそろいの指輪を指にはめ、私たちは王城へと向かったのだった。

しかし、正式にはこの宴に私たちは呼ばれていない。

宴の会場である大広間の扉に辿り着くと、既に宴は始まっていたようで、会場の声が漏れ聞こえてきた。

「本日は報告したいことがあります」

分厚い扉に遮られてなお、朗々と響く声。ケインズ殿下の声だとシュラウドが呟く。

「レーウィン王国、第一王子である俺と、聖女マディソンの婚約を正式に発表いたします」

ざわめく声と共に割れんばかりの貴族達の拍手が聞こえてくる。

「ありがとうございます皆様。私もケインズ殿下との結婚を嬉しく思います」

甘えた声で話すのはマディソンだろう、祝福の声に嬉々として返事をしている。

会場はすっかり盛り上がっている様子だ。でも私とシュラウドは遠慮などする気はない。

招かれざる客として堂々と乗り込んでやろう。

そんな言葉が脳内に浮かんで、思わず笑ってしまった。

マディソンと会うというのに微塵も怖くない、前のように身体も震えないのは……彼がくれた勇気があるからだ。

繋いだ手に視線を落とすと、指の根元で翡翠《ひすい》がきらりと輝く。

「扉を開けてくれるか？」

シュラウドが扉の隣に立つ衛兵に声をかける。ひっそりと酒を飲んででもいたのか、赤ら顔の衛兵はシュラウドの顔を見るとひゅっと息を呑んだ。

「しょ、招待状はお持ちでしょうか」

「いいや。ただ、国王陛下の命により馳せ参じた」

そう言って、シュラウドが玉璽《ぎょくじ》の入った手紙を渡すと彼は直立不動の姿勢になり、慌てて扉を開く。

会場内の視線が一斉にこちらを向いた。

ケインズ殿下とマディソンの婚約発表の時とは違うささめきが会場を満たす。

そんな中で私にいち早く気が付いたのはマディソンだった。

「な……なんで？」

しかし、尋ねてきた彼女に言葉を返す前に、人々が私達の元へと押し寄せた。

「シュラウド辺境伯、その指輪……ご結婚なされていたのですか！」

「なんと美しい婚約者だろうか。ご紹介いただいても？」

私には顔も知らない貴族たちだったが、シュラウドにとっては既知の相手だったのだろう。軽く手を上げて答えたり、首を振ったりと返事をしている。するとさらに多くの人が集まってきた。

シュラウドがこんなふうに会話の相手をするなんて珍しいと思ったけど、どうやら人を集めるのが目的だったようだ。

先程まで賞賛されていたのが一変、蚊帳の外になったマディソンが歪んだ表情を浮かべているのが遠目で見えた。同じく苦い表情でケインズ殿下がこちらに歩み寄る。

「シュラウド辺境伯……欠席だと聞いていたのだが？」

「ケインズ殿下が二十歳となり、婚約が決まったことをどうしても祝福したく参りました。連絡もなくやってきてしまい申し訳ございません」

「しかし、それならば堂々と来ればよかっただろうに。よりによって宴の途中で来るとは」

涼しい笑みを浮かべるシュラウドに対して、ケインズは冷ややかに周囲を見やった。どうやってこの部屋に入ったのか疑問に思っているのだろう。

国王陛下からの手紙を持っている、と分かれば警戒されてしまう。こくりと唾を呑むと、落ち着けというようにシュラウドの手が私の背に触れた。

「……少々、我が美しい婚約者を自慢したい気持ちがあったことは否定しません」

歯の浮くような言葉に目を瞠《みは》る。シュラウドの言葉に周囲もざわめくのが聞こえた。余計に会場の視線が私たちに集まる。

ケインズ殿下はさらに苛立った表情に変わる。

「この場は俺とマディソンの婚約を祝う場だ。シュラウド辺境伯も婚約したというのなら、自分達で報告の場を設けて公表すべきでは？　マディソンへの意趣返しとすればあまりに幼稚だ」

「場を乱してしまい申し訳ありません、ケインズ殿下。シュラウド様の戯《たわむ》れでございます。この会場で注目されようなど考えてはいませんでした」

私の言葉に反応したのは、ケインズ殿下ではなかった。

「何よ？　注目をさらったのは自分達の魅力だとでもいいたいの？」

マディソンが私へと詰め寄るがもう怖くもなんともない。

私は小さく首を振った。

「そんなことは考えていないわ、でもマディソンがそう思ってしまったのなら謝るね？」

「は!?　思ってなんていないわ。私は心配してあげているの、お姉様の背中にある傷が見えれば周囲はどんな反応をするのかな？　ってね」

「別に皆さんに言っていただいても構いませんよ？」

私の返答に彼女は開いた口が塞がらないようだ。

「な？　知られてもいいの？」

「ええ、誰に何を思われても構いませんし気にもしません。私はシュラウドが隣に居てくれるだけでいいのですから」

「……シュラウド辺境伯に選ばれたからって舞い上がっているのね？　私は王子様が選んでくれたのよ？　羨ましいと思っているのでしょう？」

「舞い上がってはいるかもしれません。立場なんて関係なく、愛しているシュラウドが私を選んでくれたことが何よりも嬉しく、幸せですから」

ふわりとこぼれた笑みにマディソンが表情を歪ませる。

「な、何よ、私の方が幸せに決まっているわ。だって皆に愛される聖女で王子様と結婚するのよ、お姉様は悔しいでしょう？　そうでしょう⁉」

「幸せだと言う割には、先程から周囲の視線にも気を配れぬ程に余裕がないようだけど？」

私の言葉にハッと周囲を見渡すマディソン。だけど少し遅かった。

美しく気高い聖女と名高いマディソンが余裕なく声を荒らげる姿に、周囲は疑問を抱いたようだ。

「――っ‼　違う、私は幸せなのよ。お姉様なんかよりも！」

「……あまりマディソンをいじめないでくれるかな？　姉上であれば素直に祝ってあげてほしい。そうやってマディソンに当たるのは嫉妬だろうか？」

ケインズ殿下のさらりとこちらのせいにしてくるところは、マディソンそっくりだ。

彼は、自分の容姿や権威に自信満々なのだろう。

マディソンを抱き寄せながら薄く笑うケインズ殿下の姿には、確かに彼らの方が幸せだと信じている余裕が見える。

でも残念ながら私には二人が幸せそうには見えなかったし、嫉妬なんてものも湧かなかった。

私が黙って二人を見つめていると、シュラウドがゆっくりと二人に歩み寄って微笑んだ。

「いえ、大変失礼いたしました。我々は確かに聖女様とケインズ殿下をお祝いに参りました。その証拠として、一つご提案がございます」

笑みを浮かべたまま、シュラウドは周囲へと視線を向けて語りかけた。

「明日、聖女マディソン殿が完全なポーションを生み出すところを見せてくださると伺いました。その場にてケインズ殿下とマディソン殿が結婚することを民へと公表するのはいかがでしょうか？」

「……何を企んでいる？」

「滅相もございません。我が領地には魔獣が出るため、怪我人が絶えません。聖女様が王家に嫁がれて、国が安全に保たれることを辺境伯としての私が拒むはずがありましょうか」

シュラウドの言葉は淡々としていたが、周囲の人間には頷ける内容だったようだ。素晴らしい、という声すら上がり始める。

「王子殿下が聖女様をお守りしていることが分かれば、国民からあなたの即位を望む声と聖女への祈りはより高まるでしょう」

「なるほど……？」

その言葉を聞いて、ケインズ殿下の目には野心の炎が宿り、マディソンの目にはねばついた光が宿る。ケインズ殿下は即位を急いでいると陛下は仰っていた。

マディソンは言わずもがな、私よりも目立ち『幸せに見える』なら、なんでもすることだろう。

二人の心が傾いてきたのを見ながら、シュラウドはとどめを刺すように付け加えた。

「ケインズ殿下、明日は是非ともマディソン殿と幸福のひと時をお過ごしください。そして、この提案を、リオネス家からの祝福だと受け取っていただければ嬉しく思います」

その発言はリオネス家――貴族の一つでありながら、辺境伯として独自の力を持つ彼が、王家の守りにつくともとれる発言だ。

ケインズ殿下は疑心を一気に取り払ったようで、その言葉に目を輝かせる。

「許せ、辺境伯。つい疑ってしまっていたようだ。俺が即位した際には貴殿の力を頼りにしている」

「いいえ。差し出がましい提案でしたが、寛容な御心に感謝いたします。明日を楽しみにしてください」

シュラウドはニコリと微笑んだ。先ほどまでバチバチとしていた空気がほどけていくのを感じたのか、周囲の貴族たちから拍手が湧き起こる。それを聞いたマディソンはだらしなく口元を緩め、私をぎらついた瞳で見つめた。

「認めてよ、お姉様。私は今もこれだけ祝福されているのよ？　王子様と婚約して、聖女として皆から愛されている。絶対にお姉様なんかよりも大勢に選ばれて望まれているわ」

幼い頃から私よりも優れていないと気が済まない妹だった。

しかしここまで冷静さを欠き、取り乱す程だとは知らなかった。

何がマディソンをここまで屈折した性格にしたのか分からない。

幼い頃に話し合えばお互いに分かり合えたかもしれない。

でも、もう彼女は取り返しのつかないことをしてしまっている。私にできることはマディソンを止めることだけだ。

「――そうね。ねえ、だからあなたの晴れ姿を……一番近くで見る栄誉をもらえないかしら」

私がへりくだったような言葉を言うと、マディソンはハッとしたように目を大きく見開き、それからにんまりと唇を歪めた。

「ええ、もちろん。姉妹ですものね」

その言葉に「ありがとう」と囁いて、私たちは会場を去った。

◆◇◆

翌日、マディソンは再び広場で民衆の前に立っていた。

昨夜、私からの言葉を受けたマディソンが私たちを舞台袖にまで呼んでくれている。

ここからならより鮮明に、歪んだ笑みを浮かべた彼女の姿が見える。

そして昨日と同じように、マディソンが怪我人を治すことを心待ちにして、手を組み合わせて彼女を見上げる民衆の姿に胸が痛んだ。

そこへ、父――ライオスが大仰な仕草で舞台上に歩み出てきて言った。

「皆様！　聖女の力をお見せする前に知らせたいことがあります」

その言葉と同時に、舞台上へとケインズ殿下が歩み出てきて、舞台の中央に立っていたマディソンの腕を掴んで抱き寄せた。そのまま民衆の前で大きな声で宣言する。

「レーウィン王国、第一王子ケインズ・レーウィンは聖女マディソンとの結婚を誓う！」

その言葉に今までの比ではない程、民衆が歓声を上げた。

次期国王と言われるケインズ殿下と聖女マディソンの婚約にこの国の安寧《あんねい》を確信し、泣いて喜ぶ者は少なくない。

その歓声を浴びて、マディソンがわずかに目を細め、私に視線を向ける。

ケインズ殿下も満足げな表情になって、彼女からそっと腕を離した。

「さぁ、皆に聖女の力を見せてやってくれ」

ケインズ殿下の言葉に、ライオスが液体の入ったコップをマディソンへ渡す。

ここまでの流れは昨日と同じだ。そしてライオスの合図で、腕を骨折したらしき包帯を巻いた青年が壇上へと上がる。

「それでは、聖女が完全なポーションを生み出す瞬間をお見せしましょう！」

自信満々にライオスは言った。

その瞬間、隣にいたシュラウドが壇上に躍り出た。マディソンを眺めていたケインズ殿下の表情が変わる。

「な……なんのつもりだ！　辺境伯！」

「言っただろう？　楽しみにしていろと」

あっさりと壇上へと辿り着いたシュラウドは液体が入ったコップをマディソンから奪い取る。そして祈りを捧げられていないはずのコップを骨折した男性に手渡した。

彼は困惑した様子で、シュラウドとコップの中の液体を交互に見つめている。

「飲め」

「え？　でもまだ聖女様の祈りが」

「いいから、飲め……傷が痛むだろう？」

「は、はい！」

脅しているように見えるが仕方がない。

骨折した男性は言われた通りにコップの中の液体を口に含むと、「に、苦い」と呟く。

——そして驚きながら、骨折していたはずの腕を動かした。

「は!?　はぁ!?　なんだ？　何が起こって!!」

骨折していたことなど嘘のように自在に腕が動いているのだ。

驚きを浮かべたのは見守っていた民衆も同様であった。

「い、いま聖女様の祈りを捧げていなかったよな？」

「な、ならなんで怪我が治るの？」

「聖女様！　ご説明を！」

「近衛騎士！　何をしている！　あいつを捕らえろ！」

困惑する民衆の声に交じって、ケインズ殿下から怒号が上がり、騎士たちが動き出すが後の祭りだ。騒ぎと同時に会場中へ紙片がばらまかれた。

風に舞って多くの民衆の手に渡る紙には、マディソンへの寄付金が誰に流れていたかの詳細が記載されていた。

寄付金のほとんどがケインズ殿下に渡り、武器の購入などに回されていたことが分かる。

いつの間にこんなものまで……とシュラウドを見上げると、彼はこちらを見て小さく微笑んでいた。

「なんだよ、これ⁉」

「俺たちの寄付金が……ケインズ殿下の武器に？」

自分達が聖女のためにと寄付したお金がケインズの私利私欲に使われていたのだ。

疑念、困惑、怒りが混在した視線がマディソン達へと注がれていく。

「静まれ！　こんな出鱈目に踊らされるな。辺境伯よ！　いくら貴殿とて王族を貶《おとし》める嘘を広めるならば極刑だぞ！」

ケインズは必死に民衆へと叫んだが、シュラウドは冷静に手に持つコップを揺らした。

「俺のばらまいた資料が出鱈目だと言うのならお前たちが持っていたこの液体はどう説明する？」

「そ……それは」

「骨折を治すことは不完全なポーションでは不可能だ。そして、見ての通りマディソンの祈りを捧げられていない液体が傷を治した。その理由は彼女が聖女などでなく、民の望む完全なポーションなどいくら待っても出来ないから、この国で所有していたポーションを使おうとしたのだろう？」

「は⁉　な……何故そのようなことを⁉　俺を疑っているのか？」

「……ポーションに触れることが出来るのは我々王族のみだからだ」

動揺したケインズ殿下に声をかけたのは国王陛下だった。広場の手前に停められた馬車から降りてくる陛下の姿に、民衆がどよめく。

起き上がれるはずもないと思っていたのだろう。陛下がやってきたことにケインズ殿下を含め、マディソンたち一派が青ざめる。

シュラウドには多少強気に出られたとしても、国王陛下に対してはあまりにやましいことが多かったのだろう。ケインズ殿下は足を震わせながら、陛下に向かって声を上げた。

「ち、父上……聞いてください。俺には考えがあって――」

「貴様にはもう父とは呼ばせん。偽りの聖女を作り、多くの善良なる民を騙した罪は万死に値する！」

陛下の一喝と同時に、民衆の怒りが業火のごとく広がっていく。

裏切られたと知った民衆からマディソンとケインズ殿下に浴びせられるのは、罵詈雑言の数々と怒りの叫びだ。

「許さねぇぞ‼　詐欺師ども！」

「お願いお金を返して……息子を救ってくれると信じて寄付したのに」

「あのポーションだ！　あれを奪え！　あれだけは本物なんだろう⁉」

いつしか民衆はマディソンたちの立つ台へと迫り、地面の石を彼女に投げつけようとする。

「や……やめて。やめて‼」

マディソンが懇願しても、無慈悲に石は飛んだ。一つ飛び始めると、もう止まらない。

石が当たり、マディソンの額から血が流れても、民衆の怒りは収まらなかった。

「お願い、やめてぇ……私はあなた達が愛していた聖女よ‼」

作り上げた偶像が瓦解した今、マディソンの声を聞く者はいない。

名声や富は消え去り、自身を支えていた自尊心や肯定感を失った彼女は酷く震えていた。

偽りであろうと築き上げたものが消えていくのは怖いのだろう。

可哀想とは思わない。今まで彼女が奪ったものを返す時が来ただけだ。

「信じなさいよ!! 私はあなた達を導く聖女よ？ なんで、なんで消えていくの？ 私から離れていかないで!!」

彼女の叫び声は何処《どこ》か悲痛だった。

「なんで。私は聖女で愛されるべきなのに!!」

しかし、一人の女性が子供を抱えてマディソンの前に飛び出した。

「なら私の子供を助けてよ！ あなたに救ってもらうために寄付したのよ？ この子を救えるのはポーションしかないの！」

泣きながら酷く衰弱した子供を、壇上へと抱き上げて女性は叫ぶ。

「助けてよ、お願いだから……うちの子を助けて！」

しかし救済を迫られても、マディソンは震え、頭を抱えて泣くだけだ。

「む……無理に決まっているじゃない……」

「嘘よぉ……娘を助けてよぉ!! 助けてよ!!」

「あぁ!! うるさい、うるさい!! もう嫌ぁぁぁ!!」

何も出来ない罪悪感から目を背けるようにマディソンは耳を押さえて叫ぶ。

現実を見て見ぬ振りしても変わらない。民衆は怒りの形相で責め立て、子供を抱いていた女性は悲泣の声を漏らす。

酷いことになってしまった。マディソンとケインズ殿下を陥れるためとはいえ、民達にまで酷い絶望をさせてしまったことへの罪悪感が胸を刺す。

ただそれでも今こうしてマディソンたちへの信頼をへし折ってしまわなければならなかったのだ。

壇上にいた全ての近衛騎士を組み伏せ、ケインズ殿下を押さえ込んだシュラウドが私に視線を送る。

私は急いで、壇上へと駆け上がった。

ここからは私の役目だ。

「私がお子さんを救います」

辺りを埋め尽くす怒号と悲鳴の中でも聞こえるように、精一杯声を張る。

子供を抱いた女性が疑心に満ちた表情をこちらに向けた。

それにも構わず私は彼女の元に跪いて、ポーションの小瓶を取り出した。

「それは……？」

「ポーションです。もう、大丈夫ですよ。安心してください」

辺境伯領での実践で、必要な量は分かっている。そっとポーションを子供の口に注ぐと、衰弱して声も上げていなかった子供はすぐに元気に笑い、女性に手を伸ばしていた。

その手を握りしめ、女性が大粒の涙をこぼして頭を下げる。

「あ、ありがとうございます!!　ありがとうございます！」

助かってよかった……本当に。

笑っている子供の頭を撫で、ほっと安堵の息を吐く。

私と女性の会話を聞いて、怒号を上げていた人たちの視線が少しずつ集まるのを感じる。

でも、それももう怖くはない。

私はもう一度舞台の中央に向かった。

記憶にあるお母様のように凛と背筋を伸ばして、声を張る。

「皆さん、私は薬師のリーシャです。私は聖女による祈りではなく、薬学によってポーションを作り出すことに成功しました」

そう言って、ポーションを見せると一瞬で場が静まった。

さらに多くの視線が私を捉える。

「既にリオネス辺境伯家、そして国王陛下にも協力を約束していただいています。誓います、必ず独占することなく皆さんにポーションを届けると」

名を連ねた彼らも同意して大きく頷いてくれる。

その姿に背を押されるようにさらに声を大きくした。

「私は、このポーションを大量に生産して誰もが安心して暮らせる世界を作りたいのです。皆さんが、ポーションを手に入れられる世の中を目指しています」

私が話すお母様の願いは民衆にとっても夢物語のように感じるだろう。

しかし、臆することなく言葉を続ける。

「皆さんに協力していただきたいのです。寄付などいりません……必要なのは荒唐無稽に思えることの願いを信じてほしい、諦めずに待っていてください。必ず私が皆さんを安心させます！」

この騒ぎをお母様の夢を叶えるための一歩にすると最初から決めていた。

ポーションを薬学で作れるようになったことは隠していてもいずれ知られて、製法を知るために争いとなるかもしれない。

どうせ知られるのであれば、希望を与えるべきだ。

信じて待っていれば、必ず幸せが訪れるのだという希望を。

争いなど必要ないと皆が思えば、お母様の夢物語は夢でなくなるはずだ。

そして……この狙いは成功した。

私が伝えた言葉に、やがて歓喜の声が一つ上がる。声は波のように響いていき、次第に大きくなって、その場を埋め尽くす歓声へと変わった。

これだけの人々が信じてくれれば、お母様の夢が叶う日もきっと遠くないはずだ。

安堵に壇上でへたり込みそうになると、肩を誰かに支えられた。

「よくやったな、リーシャ」

隣を見ると、シュラウドが優しく微笑んでいる。彼の笑みを見て、さらに身体から力が抜けそうになるのをぐっとこらえる。

支えてくれるのも、隣にいてくれるのも嬉しい。

でも、まだ全て終わったわけではない。

「ありがとう」と小さくシュラウドに声をかけてから離れると、彼も心得たように身体を離した。

私は捕縛を終えた騎士たちを見つめ、国王陛下に視線を送る。

陛下も心得たように、手を振るった。

「その罪人達を牢へと連れていけ‼ 処罰は後ほど言い渡す。軽くはないことを覚悟せよ‼」

ケインズ殿下、ライオス、マディソン……

二人は騎士に連れられていくが、マディソンだけは立ち止まって私を睨んだ。

「馬鹿にしているのでしょう？ あなたは愛する辺境伯様に手を握ってもらっているのに……私は冷たくて顔も知らない騎士に掴まれているのを見て嘲笑っているんでしょう⁉」

まだ、そうやって私と比較するの？

異常なまでに『私に勝つ』ことに執着する姿に顔が引きつる。

そんなことを言わせるために、この場を作ったわけじゃない。

私は首を振った。

「私はあなたを馬鹿になどしていません」

むしろずっとその逆だった。

少しの怒りを込めてそう言えば、マディソンは驚くほど表情を変えた。憎悪をたぎらせた視線が私を射貫く。

「嘘よ‼ お姉様はずっとそうだった。選ばれて、私にいつも劣等感を背負わせてきた‼ 誰も私を選んでなんてくれない、シュラウド辺境伯も！　お母様も！」

「……選ばれてきたのはあなたの方でしょう？」

思わぬ言葉に困惑する。

聖女として選ばれ、ライオスに愛されていたのはマディソンの方だ。お母様はどちらかを贔屓《ひいき》することなんてなかったけど、確かにマディソンは愛されてきた。

それでも、まだ彼女は全部を欲しがるというのか。

「あなたは何を――」

問いかけを切って大きな笑い声を上げるのは、最早殿下ではなく罪人となったケインズだった。

「滑稽だな!!　こんな時まで姉妹喧嘩か……やはりお前らのようなグズと組んでいたのが間違いであった!!　お前がヘマをして辺境伯に尻尾を見せなければ全てが上手くいっていた」

「見苦しいぞ、ケインズ」

「うるさいぞ、辺境伯よ！　誰に口を聞いている。先程から聞いていれば誰もが安心して暮らせる世界だと？　馬鹿馬鹿しい！　安心して暮らす世を作るためには安心ではなく、国を救う圧倒的な力が必要なのだ！」

「さっさと連れていけ」と言うシュラウドの声に被せてケインズは笑う。

「話はまだ終わっていない!!　俺は国王になり、国を救うために十の頃から計画を練っていたのだ、こんなところで終わるような男ではない！　こんな時を想定していない俺だと思うな！」

突如、悲鳴が聞こえた。

マディソンたちを押さえていた騎士たちが別の騎士に襲われたのだ。

見れば、潜んでいた黄金の鎧を纏《まと》う近衛騎士たちが広場を取り囲んでいた。

ケインズの指示によって彼らは、逃げ惑う民衆から幾人かを引きずり出し、その首元に剣を当てる。

「俺を放すように指示しなければ、分かるだろう？」

その目に宿るのは狂気に近い。美しい顔は歪みきって、縄で縛られた手首を揺らしている。シュラウドが息を呑むと、「遅い！」とケインズは唾を飛ばして叫んだ。

その声に、黄金の騎士の一人が躊躇《ためら》うことなく民衆の中から一人の首に傷をつける。民衆から悲鳴が上がると、ケインズはけたたましく笑い声を上げた。

「まだ薄皮一枚切っただけだが、次はどうなるか分かるはずだ」

その声に、シュラウドが歯噛みをしながら彼の拘束を解く。

「こんなことをして、玉座につけると思ったのか!?」

「いいや、俺はこんなところで終わる気はない。次に帰ってくる時に王と認められる偉業を持ち帰りさえすれば、民は俺の味方となる！」

場を去ろうとしたケインズにシュラウドが立ちはだかる。

「行かせると思っているのか？」

「民衆を守りながらあいつらの相手が出来るのか？」

ケインズの言葉に、黄金の近衛騎士がまた剣を構えた。その剣先は民衆に向いている。

「貴様……矜持さえ持ち合わせていないのか……」

「少数の犠牲をいとわないだけだ」

ケインズはマディソンに歪んだ笑みを向け、近衛騎士たちに縄を解くように命じた。

「ついでにマディソンも連れていく、抵抗できぬ女なら囮《おとり》に使えるだろう」

「ケインズ様!! 私も、私をお救いくださいっ!!」

何処《どこ》か呆然とした様子のマディソンが解放される。その様子を見たライオスの叫びをケインズは一蹴した。

「もうお前は必要ない」

泣きわめくライオスをそのままに、ケインズは馬に跨《また》がる。

「お前らの甘い夢など叶うはずがない。だが安心しろ、俺がこの国を平和へと導き、誰もが富める力を手に入れてみせよう。この国が大きく発展していく歴史を、貴様らに見せてやろう！」

「ケインズ……何を考えている？」

「お前達と同じように俺も我が国の平和を願っている。しかし、お前達の夢はポーションを巡る争いを生むだけだ。真の平和には、その争いすらも統べる圧倒的な力が必要なのだ」

近衛騎士たちは民衆を轢くことにためらいもなく、馬を走らせる。剣を抜いたままなのは私達が追いかければ民達を殺す気だからだろう。

私たちはその場に立ち尽くすしかなかった。

先ほどまで、希望に溢れていた広場に怯えたような子供の泣き声が響く。

やっと、お母様の夢に一歩踏み出せた気がしたのに……

不甲斐なさと、ケインズ殿下と逃げ出したマディソンへの怒りに拳を握り締める。

「必ず彼らを止めなくては」

「すまない、いっそ俺が拘束していれば……」

「後悔しても結果は変わりません。今は前に進みましょう」

項垂《うなだ》れたシュラウドの背中に手を当てる。

ケインズ殿下を許すことは出来ないし、マディソンについても同じだ。けれど、先ほどの状態で、シュラウドが民を見捨てるなんてできるはずもない。

「大丈夫です。何があっても私が救ってみせますから」

そのためにもまずは、ケインズ殿下の指示で襲われた人を助けなければ。

そう思って身体を動かすと、シュラウドに頭を撫でられた。

「……ありがとう」

その言葉に頷いて、私は広場の怪我人に急いでポーションを使うために走った。

◆◇◆

「これで……全員」

騎士たちの騎馬に巻き込まれて怪我をした人や、首元に剣を当てられていた人の処置を終え、荒い息で地面にへたり込む。

シュラウドと陛下が指示を出してくれたおかげで、民衆の混乱は最低限で済んだ。でも、彼らの表情は暗いままだ。助けてくれ、どうしたらいいか分からないと縋《すが》られるたびに、胸が重たくなる。

私を新しい聖女として見る人もいた。

違う、と言ってもポーションを創り出せるのだからと熱っぽい目で見つめられて、息が詰まる。

マディソンはこんなものを求めて、『選ばれた』と言っていたのだろうか。

そう思いつつ、シュラウドに視線を送ると、彼は捕縛されたライオスに向かっていた。

「ライオス、貴様はケインズ達が何を考えているか知っているのか？」

シュラウドの言葉に、ライオスは這いずるように身体を倒し、頭《こうべ》を垂れる。

「は、話す……だから私だけは救ってくれ」

「考えてはやる。いいから話せ」

「は……はぃぃ」

私に対して高圧的に振る舞っていた時の姿は影も形もない。涙と鼻水に汚れた顔で、ライオスは話し始めた。

「ケインズ様の真の目的は、銀龍の捕獲だ」

「な……！」

思わず言葉を失った。

そもそも王家と辺境伯領の一部の人しか知らないはずの存在をライオスが何故知っているの？

シュラウドも目を見開き、愕然とした表情を見せる。私たちの驚く様を見たライオスは少しだけ愉快そうな様子になって言葉を続けた。

「あの方は幼き頃から、国の未来を憂《うれ》いていた。魔獣が多く発生する地を有する我が国は疲弊してやがて先細っていくだけ……必要なのは守る力でなく、他国を従える力だと考えておられた」

「それが……銀龍だと？」

シュラウドの問いに、ライオスは小さく頷く。

「陛下も、辺境伯家も……ただ銀龍を秘匿して傍観するなど愚行だ。必要なのはあの力を利用して他国を支配することが重要。そのためには武器と人員を集める必要がある。それらの工面のためにマディソンと私は、ケインズ様の傘下に招待されて銀龍の存在を教えていただいた」

「ケインズの夢のために、お母様の夢を利用したというの……？」

怒りと、悲しみが交ざった感情で言葉を吐くとライオスは馬鹿にするように笑った。

「前後は少し違う。初めは私のためだけに、愚かな妻ミレイユの遺産を役に立てたのだ」

「順を追って説明しろ。どういうことだ」

怒りを抑えた声で、シュラウドがライオスに問う。その姿に唇を歪めたライオスはその醜悪な計画を話し始めた。

「ミレイユは空想ばかり語る愚か者だった。しかし薬学には優れていたし、万が一にもポーションが出来ればぼろ儲けだ。そう思い、薬品作りだけは見逃してやっていた。そうしてついに、不完全とはいえポーションを作り出した！　しかしミレイユはポーションを金儲けには使わせようとしなかった。だから、死ぬのを待っていた」

吐き捨てるように言ってライオスが濁った眼を私に向ける。

「ミレイユの死後、お前かマディソンを聖女にしてやろうと決め、当時から私に従順だった幼いマディソンを利用することにした。私の言うことだけを聞くように、『お前は母に愛されておらず、選ばれていない』『お前は特別にならねばずっと姉の下だ』と言い聞かせ、聖女への執着を強めたんだ」

あまりの行いの酷さに声が出なかった。

同時にマディソンが言っていた言葉に合点がいく。彼女はずっと、何かに飢えたように私に勝つことを求めていた。その原因はこの男だったのだ。

「クランリッヒ領で私が作った聖女《マディソン》は領民から多大な信頼を得た。——そこにケインズ様が現れ、さらに素晴らしい計画を私に授けてくださった。それが銀龍の捕獲と力の利用。マディソンが集めた金で武器をそろえ、奴を捕らえてさらなる利益を生み出すのだ！」

耳を塞ぎたい。けれど、聞かなくてはいけない。

今にも怒鳴りそうになる唇を必死に噛みしめて、堰《せき》を切ったように告白を続けるライオスを見つめる。

ライオスもお母様の夢を聞いており、くだらないと馬鹿にしていたが、ケインズ殿下から銀龍の話を聞いて、お母様の言っていたことが真実だと知ったようだ。

「聖女を手に入れ、銀龍まで手中に収めればケインズ様の王政は安泰だ。クランリッヒ伯爵家は昔の功績で爵位をいただいただけで、これといった取り柄もなかったが、ミレイユとマディソンによって公爵家となるチャンスが生まれたのだ！」

「くだらぬことです！」

我慢をしなければ、出来るだけ口を割らせなければ、とそう思っていたけれど無理だった。

お母様の祈りが全て踏みにじられるようなライオスの言葉に、思わず割って入る。するとライオスは濁《にご》った瞳でこちらを見た。

「しかしそれも潰《つい》えた。お前のせいだ。もうどうでもいい、全てを失って……明かされてしまった。今はただ、私の罪さえ軽くなればいい」

そうしてへつらうような笑顔でライオスはシュラウドを見上げる。

「全部話したのだ、罪を軽くしてくれ。それだけでいい」

「――子供を利用するクズに、恩赦など与えるはずがない」

シュラウドが吐き捨てるような言葉と共に、見えぬ速さで拳を振るった。

吹き飛ばされ、鼻血をまき散らしたライオスは気絶して言葉もなく倒れる。

正直すっとした。

私の代わりに怒ってくれた彼のおかげで少しだけ溜飲が下がる。

おかげで激昂せずに、私がすべきことを考えることが出来たのだ。

――ケインズ殿下の目的は、銀龍。つまり彼らが向かう先は、辺境伯領だ。

治療やライオスとの会話で時間が過ぎてしまったことに今更ながら気が付く。

彼らの狙いが銀龍の捕獲ならば、出来るだけ早く辺境伯領に戻らなければならない。

人が銀龍に敵うとは思えないし、危害を受けた銀龍がどう動くのかも予想が出来ない。

呼吸を整えて、シュラウドに向き直る。彼は心得たように頷いた。

「すぐに領地へ戻ろう。そして……今度こそ」

「はい、彼らを止めましょう」

「陛下。申し訳ありませんが馬を準備していただけないでしょうか」

「もちろんだ。すぐに兵も準備させて追わせる」

シュラウドの言葉で即座に馬が用意される。

即座に馬に跨《また》ったシュラウドに引き上げられるように、私も馬に跨《また》った。

馬が走り出し、景色が後ろへと流れていく。見えるはずもないケインズたちの後ろ姿を追うように、シュラウドが馬を駆る。

私は振り落とされないように、シュラウドの背にしがみつきながらマディソンのことを思った。

マディソンには伝えなければいけないことがある。

辺境伯領で見た幼き頃の夢の中で、お母様が言っていたこと。

――そう、私が本当に叶えたい夢は――

お母様の願いはポーションで安心できる世界を作ることだった。でも、それだけじゃない。

お母様が本当に叶えたい夢は、その先にある。

第七章　銀龍と母の夢

馬を数度交換し、どんよりとした曇り空の下、私たちは辺境伯領まで駆け抜けた。行きでは三日かかった道のりを二日でたどり着く。

しかし、辿り着いた先で、私とシュラウドは目の前の光景に言葉を失った。

防壁下の居住区が燃え、消火活動で大勢が走り回っている。

医療テントがあった場所は既に焼け焦げて何も残っておらず、怪我人は簡易的に作成された別の医療テントに集められていた。

「何があった⁉」

シュラウドが馬から降りて手近な兵士に問いかけると、兵士が涙ぐんだ。

「シュラウド様、申し訳ありません。この地を……守れませんでした」

「大丈夫だ、落ち着いて説明してくれ」

「数刻前、ケインズ殿下と王家の近衛騎士団がやってきたのです。彼らは防壁の開門を迫り、それを断るとあちこちに火矢を放ちました。そして消火に追われる俺たちの隙を見て――」

拳を握る兵士の姿に、唇を噛みしめる。

「なんて酷いことを……」

王都でのやり方と同じだ。目的のためならば被害を厭《いと》わない非道さに震えが止まらない。

「俺たちがどれ程の犠牲の上にこの国を守ってきたと思っている。国を守って散った者たちへの冒涜だ」

それに、誰よりも怒りを感じていたのはシュラウドだろう。隣を見ると、俯《うつむ》いたシュラウドが拳を握り締めて、掌には爪が食い込んでいる。

辺境伯領の人たちは、皆が王国を守るために死と隣り合わせの戦いを続けてきた。それなのに、最も彼らに感謝するべき王族がこんな仕打ちをしたとあれば、その怒りと虚しさは計り知れない。

「リーシャ！　帰ってきたのかい？」

「エリーゼさん！　大丈夫でしたか」

立ち尽くしていると、エリーゼさんや何人かの兵士達が駆け寄ってくる。

シュラウドが帰ってきたという一報が広がったのだろう。エリーゼさんが励ますように私の背を撫でてくれる。

「怪我人は多いけど、リーシャが置いていってくれていたポーションのおかげで死者はいないよ」

「よかった……エリーゼさんにお怪我はありませんか？」

「大丈夫」

エリーゼさんは笑って答えてくれたけれど、白衣は煤《すす》で黒くなり、所々に血が付着している。凄惨な現場だったことは容易に想像出来た。

ケインズ殿下とマディソンがここにいないのであれば、防壁を越えて捜しに行くしかない。私もついていきたかったけれど、怪我人がいるなら話は別だ。

「すぐに私も――」

手当てを手伝うと申し出ようとした瞬間だった。

「――――!!」

耳が痛くなるほどの轟音が空気を震わせて鳴り響く。

空気だけではなく、地面さえ震えて小石が跳ねる。

これほどの音量はとても人が出せるものではない。

思わず地面に伏せると、シュラウドが覆いかぶさるように私を庇い、空を見上げた。

「一体……何が起こっている」

数瞬の間が空いて、防壁の上から鐘が鳴り響く。前に聞いた時は、兵士たちの帰還を知らせるためのものだったけれど、今は違う。何度も何度も鐘の音が鳴っている。

鐘の音に交じって、防壁の上に立っていた兵士たちが叫ぶのが聞こえた。

「魔獣の襲撃だぁ!!」

「大群が迫ってきています！　それも……今までの比じゃなく多いです。早急に準備を！」

シュラウドが防壁の下部に備え付けられた小さな窓まで駆けていく。

私も駆け寄って、彼の隣に並んだ。そして窓を覗き込んで、息を呑む。

辺境伯領に近づいてくる地面を覆いつくすような黒い波。それら全てが魔獣だった。

少しずつ魔獣は減っているはずだったのに、なんでこんなに……！

ふらつきそうになった私の身体を支え、シュラウドが鋭く声を飛ばす。

「総員!!　直ちに戦闘準備をせよ!!　ここを死守するぞ!!」

シュラウドの声に呼応するように兵士達が雄叫びを上げ、走り出す。

それを見たシュラウドは頷き、私に向かって囁いた。

「大丈夫だ。俺たちは強い。この地は必ず守り抜く」

シュラウドの目はまっすぐに私を見ていて、それが決して気休めのつもりで言われたわけではないと分かる。でも、この状況はどう見ても楽観できるものではなかった。

戦えない女性や子供はできるだけ辺境伯領の奥へと逃がすように指示が飛ぶ。

家族と抱き合い、最後になるかもしれない挨拶を交わす兵士たちの姿に、胸が強く痛んだ。

それでも、立ち止まっていられない。薬師として私も動かなくては。

震えそうになる足を叱咤して、エリーゼさんに指示を仰ごうとした時だった。

「何……あれ」

突如として、空に光が広がり、一瞬で太陽のような輝きが地面を照らす。

巨大な蒼炎が厚い雲を貫いて、空に巨大な穴が出来上がっていたのだ。

人智を超えた現象に言葉を失っていると、突然頭に声が響いた。

『――盟約を違えた愚かな人間よ。もはや貴様らは守護すべき存在でなく、世界を脅かす害そのもの。魔獣と共に世界から消え去るがいい』

誰？

何を言っているの？

盟約とは？

声は他の人にも聞こえていたようで、ざわめきが広がっていく。私は少しでも情報を探すように空に目を凝らした。

ぽっかりと開いた空の穴。何処《どこ》か見覚えのある蒼い炎に、とある答えが浮かぶ。

「まさか、銀龍……？」

空に飛び立ちながら同じ色の炎を吐き出していた銀龍の姿を思い出す。

そうだ。母は銀龍となんらかの約束を交わしていたはずだ。それを『違えた』とは？

ケインズかマディソンが原因なのだろうか。

約束を破ったことで銀龍が魔獣を向かわせているのなら、銀龍さえ説得することが出来れば、この襲撃を止められるかもしれない。

蜘蛛の糸を掴むようなか細い希望だが、このままでは魔獣にすりつぶされるだけだ。

「シュラウド!!　……私を銀龍の元へ連れていって」

「リーシャ!?　何を言って……」

シュラウドの表情が変わった。準備を整えている兵士たちもしんと静まり返って、私を見た。

無茶を言っているのは分かっているが、これしか今の状況を変える方法が思いつかない。

多数の魔獣は防壁へと迫ってきており、数の力で壁を壊す可能性が高い。

それらを止めるために防衛に出ても多くの犠牲は必然になってしまうだろう。

辺境伯領を越えて、内地にまで侵攻を許してしまえば、考えたくもないことになる。

しかし原因と思われる銀龍を説得することが出来れば、犠牲を抑えられるかもしれないのだ。

わずかな希望でも、絶望を覆すため、それに縋《すが》りたかった。

「このままでは犠牲は増えるだけ、お願い……私を銀龍の元へ行かせて！」

祈るようにシュラウドを見つめる。

周囲の兵士たちは、困惑したように視線をさ迷わせた。その時――

「お前ら!!　今こそリーシャちゃんに救われた恩を返す時だろうが!!」

その時、静まり返った沈黙をかき消すように叫んだのは、バッカスさんだった。

「あんな若い子が苦労して俺たちを救う薬を作ってくれた。なのに、当の俺たちが彼女を信じてやれずに、怯えてどうすんだよ!!」

――もし何か困ったことがあれば絶対に力になる！　約束するよ。

バッカスさんが言っていた言葉を思い出して、目頭が熱くなっていく。

「リーシャちゃんが俺達を頼ってくれたんだ。恩を返すなら今しかないだろ！　立ち向かおうぜ！やってやろう！　俺たちが、リーシャちゃんの道を作って！　帰る場所を守るんだ!!　もしビビっている奴がいれば俺が蹴っ飛ばしてやるよ!!」

普段とは違い、気迫に満ちた彼の叫びに応えるように兵士から声が上がり始めた。

それは先程の轟音に負けずとも劣らない雄叫びへと変わっていく。

「くそったれぇ!!　やってやるよ、サボリ魔にいい顔させねぇぞ!!」

「ビビってねぇぞ!!　あの魔獣共は全て俺達が片付けてやる」

「行ってくれリーシャちゃん、シュラウド様……俺達が帰る場所を守ってやるからさ!!」

兵士達は互いに鼓舞するように、叫び合う。だんだんと皆の目に光が宿るのが分かった。

自分で言い出しておきながら、私の言葉を信じてくれた皆を見て涙が溢れてしまう。

そんな私の背中を押したのはエリーゼさんだ。

「行っておいで、リーシャ。こっちは任せて」

彼女は、今までと変わらず親指を立てて送り出してくれる。

「ありがとうございます。……私、皆さんに出会えて本当によかったです」

「それは俺達もだよ!! 行ってこいリーシャちゃん!!」

本当に……皆さんには救われてばかりだ。

潤んだ瞳をこすって、その勢いのまま私はシュラウドを振り向いた。彼も、驚いた表情で周囲の兵士たちを見つめている。

「――シュラウド」

もう一度名前を呼ぶと、彼は小さく頷いてくれた。

「……何か考えがあるのか？」

「厳密に言えば、いいえです。でも、お母様は銀龍と何か約束を交わしていました。お母様の願いを引き継ぐ私であれば話を聞いてくれるかもしれません。私に……任せてください」

「……分かった、君を信じる。だが約束してほしい。……最後は自分の幸せを優先してくれ。危なくなれば命を守るために逃げろ」

その言葉に頷き返すと、シュラウドに引き上げられて馬に乗る。ポーションはきっとこれから辺境伯領内で必要になるだろうから必要最低限だけ持っていこうと決めて、二本だけ手元に残した。

最後にシュラウドは兵士達を見て頭を下げた。

「皆、頼んだ……俺達の帰る場所を守ってくれ」

その言葉に触発されたように兵士たちが剣を突き上げた。

「開門せよ!!　皆、俺とリーシャが魔獣の大群を抜ける手助けを!!」

「は!!」

そんな防壁の門が開く間際、何かが馬に飛び乗り、私の懐にもぐり込んだ。

「ニャーン!!」

「クロ!?　どうして……だめだよ!!」

慌ててクロを引き離そうとするが、馬は既に走り出していた。

「すまないリーシャ、もう時間はない。行くぞ!!」

門が開いた瞬間に、馬が前へと駆け出す。

風を切り、目の前に広がった黒い波の中を駆け抜けていく。

彼が剣を振るえば魔獣は黒き血を流して息絶えていき、死骸となっていく。

しかし両脇についてきてくれていた兵士たちは次第に足止めを喰らい、シュラウドの視線を受けてじりじりと門の方へ押し戻されようとしている。

「シュラウド様!!　リーシャ様!!　お気をつけて!!」

「辺境伯領はお任せを……行ってください!!」

彼らに心から感謝し、あの朝、銀龍が飛び立った森へと向けて走り抜ける。

こんなにも緊迫した状況なのに、落ち着き払っているクロを抱きしめて私はシュラウドの背中に額を寄せた。

「信じてくれてありがとう。シュラウド」

「全て終わらせて……幸せに過ごそう」

「はい」

答えながら薬指の指輪を見つめ、全てが終わった先の幸せを夢見る。

「ずっと隣にいてくださいね」

「もちろんだ」


暗い森林を進むと早々に異変が訪れる。

「掴まれ!!　リーシャ!!」

叫んだ彼に掴まると手綱が引かれて馬が急に進路を変えた。同時に鈍い音が地面に響く。

私達が先程まで進んでいた道に落ちてきたのは黄金の鎧だった。

おびただしい鮮血が付着しており、厚い金属に穴が開いている。

近衛騎士の鎧だ。

きっと、彼らは銀龍や暴走した魔獣に為すすべなく倒れていったのだろう。

でも立ち止まっている暇はない。心の中で冥福を祈り、森の奥へと進んでいく。

その時、森の奥から小さな呻き声が上がった。

「ま、待て、お前たち！　俺を助けろ!!」

見ると、転がっている鎧の破片の中で唯一うごめいているものが見える。

そこにいたのはケインズだった。

整えられていた髪はぼさぼさで、美麗だった顔は涙と鼻水でぐしゃぐしゃだ。体は恐ろしいものを見たように震えている。しかし彼の身体には傷一つない。

咄嗟にシュラウドの腕を引くと、シュラウドは地面に視線を向けた。そして一度迷ったように視線をさまよわせてから馬を停める。

「本気で銀龍に手を出したのか」

その言葉にケインズが項垂《うなだ》れる。

「用意した毒も罠も意味がなかった！　……王国一の剣の腕を持つ近衛騎士団長の剣でさえ小さな傷しか作れず、皆が殺されてしまった。まあ、俺はこうして生き残ったわけだが」

荒い息の中で彼は何処《どこ》か誇らしそうに言う。

その言葉がどうにも気持ち悪かった。彼だけが生き残ったのは、彼が庇われたからだ。近衛騎士団の彼らは主であるケインズをきちんと守り抜いたのだ、と周りに散らばった黄金の鎧を見て苦々しく思う。

そのことに気付きもしないケインズに、シュラウドが吐き捨てるように言った。

「この大馬鹿が……」

「マディソンは何処《どこ》ですか？」

私の声にケインズが叫ぶ。

「し……知らない、最後に見た時は血塗れだった。ここにも居ないということは死んでいるのだろう。死んだ奴はどうでもいい!!　俺を助けてくれ!!」

あまりにも自分のことしか考えていない様子に、おぞましさすら感じながら身を引くと、後ろからシュラウドに身体を支えられた。

「事が済めば拾いに行く。精々生き延びろ」

そう言って、シュラウドが手綱を引き、馬を前に進める。それを見てケインズが表情を変えた。

「待て！　許されると思うか、俺はこの国の、次期国王だぞ！」

しかしシュラウドが馬を停めることはなかった。

ここには魔獣も見当たらない。彼も無傷だ。しばらく放置していても大丈夫だろう。

何よりも彼らが原因で引き起こされた事態だ。後ろ髪は引かれない。

悲鳴とも呻き声ともつかないケインズの声を背にして、私たちは血の匂いが濃い方向へ進む。

血の匂いが酷くなっていく。私はハンカチを口元に巻き、クロを抱え直した。驚くほど敏捷《しゅんびん》に私の懐にもぐり込んだけれど、今のクロは随分と落ち着いた様子で周りを見回している。

やがて、私たちは大きく開けた場所へと辿り着いた。

そこにあったのは幾人もの死体と――中央に佇む銀龍の姿だった。

「っ⁉」

あちこちに散らばっている死体と、真っ赤な血だまりに言葉が出ない。近衛騎士団の団長と思われる白金の鎧でさえバラバラとなり、人であったと分からぬ程の様子に口元を押さえた。

「惨《むご》い……」

彼の呟きに同意する。しかし彼らの埋葬をしている暇があるわけではなかった。

銀色に光り輝く巨体で翼を広げて静かに佇む銀龍の冷たく蒼い瞳は、私たちを射貫いている。

私とシュラウドは、銀龍に警戒されないようにゆっくりと馬を降りる。クロは私が降りるのを見て器用に馬から飛び降りて、こちらを見上げていた。

その様子に少し迷って、私はシュラウドに囁いた。

「シュラウド、ここからは私が行きます。クロをお願いしてもいいですか？」

「危険だ。一人では行かせられない」

「ごめんなさい、でも、きっとシュラウドでも銀龍には敵いません。彼を警戒させたくないのです」

「……しかし――っ⁉」

「シュラウド⁉」

さらに言い募ろうとしたシュラウドの身体は銀龍の長い尾によって吹き飛ばされ、近くの木へと叩きつけられる。息を呑んで振り向くと、銀龍と目が合った。

どうやら、私一人で行くべきなのだろう。

シュラウドを横目で見ると、彼は呻きながらもゆっくりと起き上がり、こちらに向かって心配ないというように首を振る。

それに頷いて、私は銀龍へと向き直った。それから何も持っていないことを示すように両手を上げ、銀龍に一歩近づく。

「私たちはあなたに危害を加えない……信じていただけませんか」

銀龍は何も言わぬまま、見定めるようにまっすぐ私を見つめている。それが彼なりの許可なのかも分からないまま、血だまりの中をゆっくりと歩いていく。

そして銀龍の間近にたどり着いた瞬間、目の前が白く染まった。

「リーシャ！」

「ニャーーーー!!」

聞こえてきたのはシュラウドの声と、クロの声。知らず息が上がって、自分が尻餅をついていることに気が付く。

目の前に見えるのは銀龍の尾だ。先ほどシュラウドを吹き飛ばしたそれが、私にも振るわれようとしたのだ。

……しかし、後少しで私を貫き殺していた尾は、クロの鳴き声で止まったように見える。

「クロ……？」

クロは馬の近くで座りながらゆっくりと尻尾を振る。

何も分からないが、銀龍の攻撃が止まったことは間違いない。その隙に距離を詰めていく。恐る恐る見上げても、銀龍は先ほどのような動きは見せずに、ただこちらを見つめていた。

そうしてようやく足元まで近づいた時、銀龍の前脚に傷を見つけた。

ケインズが言っていた近衛騎士団長の剣による傷だろう。何度も切りつけられたのか、美しい銀の鱗は何枚かが剥げて、下の肉が露わになっている。

先ほど無視したケインズの姿と、あの愚かな王子を庇って死んでいっただろう騎士たちのことを思うと嫌になる。それでも愚かなことをしたのは私たち人間だ。触れるべきではなかった銀龍に近づき、あまつさえ人の思う通りに動かそうとしたのだから。

私は二本あるポーションのうち一本を手に取り、銀龍の傷にかけていく。

銀龍はその動きに対して、何もすることはなかった。

緑の光が銀龍の鱗に走ったと同時に、傷口はきれいに消えていく。

そのことに少しだけほっとして、私は深く頭を下げた。

「申し訳ありませんでした」

愚かな行いと、勝手に治療を行ったこと。そして、お母様の願いを叶えることが出来なかったこと――

それら全てを謝り尽くすことは出来ないけれど、出来る限りの気持ちを込めて頭を下げる。

銀龍が私と、手に持つポーションを見て、少しだけ頭を動かした。

『その翡翠《ひすい》の瞳は……ミレイユと同じだ。貴様はミレイユの子か？』

頭に響いた声に、驚かぬように頷く。

「はい、お母様に代わり……破ってしまった盟約を果たしてみせます。だから……どうか魔獣の侵攻を止めてください」

おこがましい言葉だと分かっている。

頭を地面に擦りつけるように下げると、銀龍はわずかに表情を動かした。

『……ポーションを作製したのは貴様か？』

「そうです。お母様から薬学を引き継ぎ、完成させました」

『そうか、ならば貴様には聞かせてやろう。ミレイユとの盟約を』

銀龍はその巨体を揺らし、私を尾で囲んだ。もはや、ここからは選択を間違えたら逃げられないだろう。元より逃げる気もないが腹を括り、跪くような姿勢で銀龍を見上げる。

銀龍はそんな私を横目で見てから、ゆっくりと語り始めた。

『あれがお前よりも幼子であった頃だ。森に迷い込んだミレイユと出会った。この身体に怯えることなく私の存在について質問責めにする少女に我も少し興味を惹かれた』

銀龍の瞳は不思議と懐かしむように見える。

国王陛下と同じく、素敵な思い出を語るような姿に目を瞠《みは》る。

『ゆえに教えた。龍種とは世界の均衡を保つための存在だと』

「世界の、均衡……？」

『ああ。簡単に言えば、世界から生命が消えてしまわぬように守護する存在だ。人間と魔獣によって大きく役目は崩れたがな』

「いったい、どういうことだ……！」

銀龍の声は、シュラウドにも聞こえていたようだ。銀龍は皮肉げな色をその大きな目に浮かべると、シュラウドの声を無視するように続けた。

『魔獣は人々の不安から生まれ、生命を滅ぼすことだけを考えて生きる異常な存在。人がこの世界に少ない時は制御の必要もなかったが、人が増え、争いが生まれて魔獣は数を増やしていった。だからこそ我の力で魔獣が誕生する場所と、行動域を制御していたのだ』

辺境伯領の南東部だけに魔獣が大量発生していたのは、銀龍のおかげだったということ？

確かに、魔獣が多く発生する場所が壁の外だけだったからこそ、私たちは生きる場所を確保できて対策もできていた。王国の内地で頻繁に生まれ落ちる存在だったとしたら……考えたくない。

じゃあ、銀龍はずっと私たちを助けてくれていたのだ、と思わず顔を上げる。

「……私達を救ってくれていたのですか？」

すると銀龍は不愉快そうに眼を細めた。

『結果としてお前達を救っていたのかもしれないが……そのようなつもりはない。何年も前から増える人間と比例して魔獣は増えていくばかりだ。それ故、我はお前達を危険視していた』

銀龍の言葉に、思い上がっていたと口をつぐむ。

むしろ、銀龍から見れば私達は状況を悪化させる煩わしい存在だったのだから。

銀龍は冷たい視線で私たちを見つめた。

『我はミレイユに言った。この世界は人間だけのものではない。我が守るのは世界であって人間ではない。世界が魔獣に埋め尽くされる前に、根源たる人間を滅ぼすしかない、と』

「お母様は……なんと答えたのですか？」

『怯えもせず……笑って言い切りおった。薬学でポーションを作製し、全ての人間が不安を抱かない世界を作り、人を減らすことなく魔獣を減らしてみせる、と』

……やはりお母様は、本気で世界を救う気だったのだ。

『無邪気に理想を描いたミレイユと、我は盟約を交わした。ミレイユが夢を叶えれば、我は人を滅ぼさないと。しかしミレイユが死んだことを知った今、盟約を守る必要はない』

――人の不安により魔獣は力を増し、いずこからも生まれ、やがて全ての生命を滅ぼす。その前に人間を絶やさねばならぬ。魔獣の制御を解き放ち、全ての力が振るえる今、両者を滅する。

そう話し終えた銀龍の視線が転がった鎧に向く。

銀龍はお母様の死をマディソンから聞いたのだろうか。

お母様が繋いでいた希望は断ち切られ、銀龍の怒りによって辺境伯領に抑え込まれていた魔獣の制御が解き放たれてしまった、ということだ。

『話は終わりだ。ミレイユとの盟約は破られた……それが結果だ』

私を見て、銀龍がつまらなそうに言う。私はその白銀の鱗に縋《すが》るように触れた。

「待ってください!!　お母様の夢は私が引き継いだのです。後少しだけ、人間に猶予をいただけませんか」

『お前がミレイユの夢を引き継いだ……か』

私の言葉に少しだけ興味を持ったように銀龍がこちらを向き、蒼い瞳が私を射貫く。私はこくこくと頷いて、残り一本になったポーションを銀龍に掲げた。

「これは、お母様から引き継いで私が完成させたポーションです。既に人々にはポーションの製法を伝えています。後何年かすればポーションの製法は世界に行き渡り、お母様の夢は叶います！」

すると一瞬銀龍の目に光がきらめいた。同時に大きな顎が開き、笑みのように口が歪む。

『いいだろう、機会を与えてやる』

銀龍の声が頭に響いた瞬間、大きな風が舞った。

砂が舞い上がって目を閉じた……その時。

――腹部へ激痛が走った。

痛みに視線を向ければ、銀の尾が腹部を貫通して真っ赤な血が滴っていく。

息が出来ず、何が起こったかも分からず血を吐き出すと、遠くでシュラウドの叫び声が聞こえた。

「リーシャ!!」

ぐらりと体が傾いで、膝をついてしまう。

今、何が起きたの？

手のひらは血に塗れて、視界はじわじわと暗くなっていく。痛みすら感じず、熱さだけが奇妙に感じられる。そんな中で、銀龍の声だけが頭の中で鮮明に聞こえた。

『貴様は毒に侵されて短い命であろう？　我には分かっている。そんな身体でミレイユの代わりが務まるか、我が見定めてやろう』

無慈悲に腹から尾が抜かれ、支えを失った私は血だまりへと倒れ込む。

『選べ。今優先すべきは自分か他人であるのかを』

頭に響く声と共に、ぐしゃりと私の前に何かが転がる。

それは、私がよく知る人物だった。

「あ……ぁぁ……おねぇざま」

目の前に転がされたのは、マディソンだった。

銀龍に捕らえられていたのか、逃げ出した時の白のドレスは破れ、土と血に汚れている。彼女は呻きながら私を呼び、かすれた息で必死に生にしがみついている。

今処置をしなければ、彼女の生が終わることは容易に想像できた。

『愚かな王子と共に我を襲いに来た女だが、流す血で分かる。この女もミレイユの娘だ。だから殺さずにミレイユについて問い詰めたのだ。いつ殺すか迷っていたが、他の使い道が出来たな』

銀龍は私に言った。

『見定めてやる。貴様の選択を見せてみよ』

そうして視線が送られたのは、残された一本のポーション。

どちらを助けるか、選べと……？

マディソンの目にも、ポーションの瓶が映っている。

私は這いずるように、たった一本の瓶を手に取った。

「リーシャ!!」

シュラウドの声で思い出す。彼と交わした約束、自分自身を優先しろという言葉。

私は、彼と辺境伯領へと帰らないといけないのだ。みんなが待っている……あの場所へ。

そう思っても、血で手が滑って、上手く瓶を持つことが出来ない。

『さぁ……早く決めよ。共倒れを選ぶか？』

まずい……意識が飛んでしまう。

震える血塗れの手でポーションを取り、封を開く。

「おねぇざ……ま」

——マディソンの声に、ポーションの水面が震えた。

そうだ。最初から決まっている。

私がすべきことは……

私は瓶を傾けて、ポーションを流していく。

傷が癒えていくのを見て、ほっと胸を撫で下ろす。

これでいい……これが私の選択だ。

『残念だ。貴様は選択を間違えた。ミレイユの美しき夢を背負うに値しない』

「それでも……これが、正しいと、思ったのです……どうか、お母様の夢を信じて——っ!!」

銀龍の響く声に、上手く言葉を返せず、咳き込んでしまう。

苦しいのは当たり前か……私が選んだのは。

「リーシャ!!」

「ごめんね、シュラウド……」

「何故マディソンを選んだ!!　リーシャ!!」

シュラウドは……私に駆け寄って抱きしめてくれたけれど、もう、その温もりを感じることすらできない。涙を流している彼へ謝ることしか出来なかった。

怒るのも当たり前だ。私をずっと苦しめてきたマディソンを救う必要なんて彼には感じないだろう。

それでも、これが私の選択なのだ。

「ごめん……約束を破って、ごめんね、シュラウド」

「待て、逝かないでくれリーシャ。何故、何故だ!!」

手を伸ばして彼の頬に触れると、彼の頬が汚れてしまった。

彼の涙と私の血が混ざり合い、頬を垂れていく。

伝えたいことは多くあるのに、言葉を出す力がない。

「ご……ごめ……なざ」

もう上手く喋れない。

「リーシャ、ずっと隣にいると約束しただろう?　辺境伯領へと戻って二人で過ごす時間を俺はずっと楽しみに……」

涙が私の頬へ落ちたことを感じるが、視界が霞んで彼を見ることが出来ない。

こんな時に思い出すのは彼と過ごした時間であり、やり残したことばかりだ。

二人でまたケーキを食べたかった。いっぱい話したかった。
手を繋いで帰りたかった。一緒に色々な所に行きたかった。
やりたいことがいっぱいあった。
だけどシュラウド、あなたと会う前の私はいつ死んでもいいと思っていた。
そんな私が生きていて幸せだって思えたのはシュラウドのおかげだったの――
「リーシャ……答えてくれ」
最期の選択を、あなたは認められないかもしれない。
それでもこの選択こそがお母様の願いでもあり、私が持つ薬師としての矜持なのだ。
この手は誰かを殺すためではなく、救う手で終わりたい。
「シュ……ド……」
彼の名前を呼び、最後の力で体を引き起こす。
そっと口付けをして微笑み、私の想いを伝えた。
「あり……と、だ……い……すき……ラド」
伝えたと同時に糸が切れたように力が抜けていく。
彼の頬から手が滑り落ちて、支えられても……もはや動かせない。
最後の力で開いた瞳には、彼の泣いている姿だけが見えた。

◆◇◆

ミレイユの娘は選択を間違えた、この結果は彼女が招いたものだ。

か弱い人間の死など我ら龍にとっては些細なこと。そう思いつつ、目の前でミレイユの娘に取り縋《すが》る男を見つめる。

「待ってくれ、応えてくれ……これから俺達はずっと一緒に……」

反応がなくとも諦められないのか、いまだに必死に呼びかけている。

既に息絶えた者が瞼を開くことなどないというのに。

「ずっと苦しんで生きてきて、これから幸せになるはずだろう？　リーシャ、俺が君を幸せにすると誓って、これからずっと一緒に生きていくはずだったのに」

男はミレイユの娘の手を握り、自身の頬へと当てる。

ミレイユの娘に救われた愚かな女は、泣きわめく男を見つめてただ呆然としていた。

『いくら泣いても無駄だ、失われた命は戻らない。この結果はその娘の選択だ』

そう言い捨てた時にふと違和感を覚えた。自分の言葉のはずなのに、腹に落ちない。

何かが間違っているような、忘れているような不思議な感覚。

そんなはずはない、我の考えに間違いなどない。

その違和感を振り払うように、我は男に話しかけていた。

『その娘は間違った選択を選んだ愚か者であり、その死は当然の報いだ』

「間違いだと？」

ミレイユの娘を抱き上げる男がこちらを見上げた。

男の頬に付着する娘の血が、男の涙と共に落ちていく。

涙が交じりながらも、男は鷹のように鋭くこちらを睨みつけている。男の怒気の鋭さに思わず鱗が震えるのを感じた。我を前にして怯えない姿は盟友であるミレイユと似ているようでまるで違う。

我に心から怯えることなく立ち向かってきたことにわずかな敬意を表して、男と会話を続けた。

『ミレイユの娘の選択は間違いだ。彼女が生きていれば何人の人間を救えた？　何百、何千人という命を救えたのだ。彼女の選択は大勢の命を奪ったと同じだ』

「お前は何も分かっていない‼　目の前の人を救う考えこそが、人を動かす‼」

『何を言っている。そのような甘い考えでは世界は救えない』

「甘くなんてない！　リーシャはいつだって誰かを救うために動いていた。俺たちはその姿を見て、共に夢を叶えたいと心から願うようになったのだから」

「夢」という言葉に思わず問いかける。

『貴様は本当にこの娘が一人で、ミレイユの夢を叶えられると思っていたのか？』

すると目の前の男は、我の言葉を聞いて一瞬目を見開いてから首を横に振った。

「その夢はリーシャが一人で背負うものじゃない。俺たちが一緒に背負うものだ」

『一緒に背負う……？』

――銀龍さんは、悲しくないの？

その時、何故か……頭の中でミレイユの声が聞こえた。

忘れていた何かが記憶をくすぐり、心の引っ掛かりを大きくする。

我が交わしたミレイユとの盟約は、魔獣を止めるだけが目的だっただろうか？

いや、何を考えている。我は間違ってなどいない、間違っているのはミレイユの娘の選択だけだ。

我の思考を邪魔するように男がなおも叫ぶ。

「今だって多くの者がリーシャの帰りを待ち、魔獣を止めてくれると信じて血を流している！　そうやって人を動かすのは、彼女の優しさに俺達が惹かれたからだ」

――本当に人を滅ぼしたいの？

男の言葉に再度ミレイユの声が鮮明に頭の中に響く。

「リーシャはいつだって、俺達を救うために動いてくれて、想ってくれた。その優しさが嬉しくて……彼女を信じたいと思ったんだ！」

『そうだとしても、その娘は既に貴様を置いていっただろう!!』

そう叫んで、何処《どこ》か胸が軋むように感じた。

ミレイユも同じだった。

勝手に美しい夢を描き、こちらを焦がれさせ、そして一人で去っていった。

この世界を安定させるための、龍種。そんな生き物である自分が抱いてはならないほどの激情が身を焦がす。

『自らを想う相手を置いて去ることが、愚かでないとでもいうのか！』

そう吼えると、男は笑った。

「愚かなどではない。彼女は夢を遺した」

『遺した、だと？』

すると、男が大きく首を縦に振った。

「リーシャが遺した夢は俺が継ぐ。そして辺境伯領の民と、王国の民もきっと協力してくれる。リーシャが母の夢を継いだように……俺達も彼女の優しさを繋いでいくんだ」

『っ!!』

その言葉で、全てを思い出す。

かつて、我がミレイユと出会った時に交わした会話を……

我が魔獣を止めるために人を滅ぼすとミレイユに言った時、彼女は迷いもせずに答えた。

――銀龍さんは、悲しくないの？　本当に人を滅ぼしたいの？　私にはそうは思えない。

何故そう思う？　と問いかければ、彼女は笑った。

――だって、本当に滅ぼしたいのなら……出会ったばかりの私になんて、何も言わずに滅ぼせばいいのに。それでも私に話したのは、止めてほしかったからでしょ？　本当は人を殺したいなんて思ってない。

違う、とは言えなかった。世界のため生命を絶やさぬように生きる役目を持つ我自身が、文明を築き上げ、必死に生きている人間を滅ぼしてもいいのかと抱いていた迷い。

心に閉じ込めていた本心を見抜かれたのだ。

――だからね、私が全部救ってみせる！　薬学でポーションを作って、全ての人が死の不安を抱かない世界を作って、魔獣を減らしてみせるよ。そうすれば、人間も……銀龍さんも苦しまなくて済む、そうでしょ？　銀龍さん。

あぁ……どうして、こんな大切なことを忘れていたのだろう。

人だけでなく、我さえも救ってみせると言った君の優しさに心惹かれて、信じたはずだった。

だからこそ、君と盟約を交わしたというのに。

いつしか、君が抱く夢を待ち続けているうちに恐れてしまった。君の夢が原因で争いが起こることを。

ミレイユの優しさに心を惹かれて信じていたはずなのに、その優しさを継いだ娘を我自身が否定してしまったのだ。

今もミレイユの娘には、彼女を信じて共に夢を追う者がいる。

わずかに視線を動かすと、男がまっすぐにこちらを見ていた。

ああ、どうして。

どうして、この男のように我がミレイユの遺した夢を信じてやれなかったのだろうか。

男は一切の恐怖を見せずに言葉を続けていく。

「ミレイユ殿の夢が、彼女なしでは叶わないと勝手に諦めたのか？　貴様はただの臆病者だ!!　彼女の夢が叶わなかったならば、全てを壊せばいいと思ったか？　彼女の死によって全てが消えたと思ったのか？」

……ようやく分かった。

「俺達人間は、確かに短い生を生き、夢を残して死んでいくかもしれない。しかしミレイユ殿がリーシャに夢を繋いだように、俺達は想いを託して生きていく。それができず、最後まで信じることの出来なかった貴様の愚かさをリーシャに押し付けるな!!」

ミレイユの娘の亡骸を抱き、叫ぶ男の姿に息を呑んだ。

やはり……我が間違っていたのだ。

綺麗な思い出が汚れることを恐れて、ミレイユの娘――リーシャを否定していた。

無邪気で天真爛漫なミレイユの描いた美しい夢が、争いの火種となってほしくなかった。あの王子とマディソンがここを訪れた時、ミレイユの夢が散ったことを――そして、彼女が死んでしまったことを知った。

その時、もう人間などどうなってもいいと、確かに私は諦めたのだ。

命を奪ってしまったリーシャこそが、ミレイユの夢を繋ぐために誰よりも必死になっていたというのに。

我が人を絶やさないで済む世界を作ってくれようとしていたはずなのに。

……ミレイユ。君は亡くなる間際まで夢を諦めず、愛する娘にまで託した。

託された娘も最後まで諦めず、残る命で夢を推し進めていた。

ただミレイユという存在だけを愛していた我が……二人の夢を見定めるなどと思い上がっていたのだ。君の優しさも忘れて否定していた我は誰よりも愚かだ。

ミレイユの美しい夢を否定して汚したのは、他でもない我自身だ。

『人間……いや、シュラウドといったな。貴様の言う通り、我が間違っていた。すまない』

「……俺が望むのは謝罪などではない。これ以上無意味に命を散らす者を減らしたいだけだ」

どうでもいいと思っていたのに、奪った命の重さに心が痛む。

怒りは当たり前だ。

言葉でいくら謝罪しようと許されるものではない。

ならば、我がすべきは、世界の理《ことわり》を破ることのみだ。

『魔獣は退《ひ》かせて、また制御してみせる。そしてミレイユの娘……リーシャを生き返らせると約束する』

「っ⁉」

驚きで我を見つめる男――シュラウドに、嘘ではないと視線で答える。

死んだ命が生き返ることがないのは自然の摂理だ。

しかし我は世界の均衡を保つために生み出された存在。この世界の理《ことわり》を崩す程の力を持ち、ある程度の無理が利く。亡骸がある今ならば、死の淵から彼女を引き戻す方法はある。

『必ずリーシャを生き返らせる。しかし我の願いを聞いてくれないか』

「お前の……願い？」

『ミレイユの夢を必ず叶えてほしい。彼女とリーシャが生み出したポーションで、不安のない世界を見せてほしいのだ。我も……今度こそ信じてみたい』

シュラウドは躊躇《ためら》うこともなく、リーシャを抱きしめて頷いた。

「俺はリーシャを幸せにすると決めている。彼女が望むなら、その夢を支えるさ。お前も必ず見られるはずだ、リーシャが紡いできた優しさが世界を変えるのを」

その視線の強さに、深く息をついた。

ふと、足元に黒猫が歩いてくるのが見えた。

「ニャーーン」

我を窘《たしな》めるように鳴く姿に、苦笑する。

そうだ、先程リーシャを追い払おうとした時にもこの猫が我を止めたのだった。

人の目にはただの猫にしか見えないだろうが、ずいぶんと長生きをしている。

もうとっくに居なくなったと思っていた『導き手』がリーシャの傍にいる。

どうやらミレイユとリーシャの優しさに惹かれたのは、我だけではなかったようだ。

『すまない。もう一つ頼みがある……こやつはミレイユからとある伝言を託されているようだ』

「クロが……？」

『ああ。どうやらずっとリーシャを見守ってきたようだ。彼女を幸せへ導くために』

そう言うと誇らしげに猫は胸を張って、シュラウドの前にお座りをした。リーシャを見て、悲しそうに顔を擦りつける姿は何処《どこ》か人間味がある。

シュラウドはそんな猫にそっと手を伸ばして、耳の後ろを撫でた。

「クロ、お前もリーシャを支えていたのだな。その小さな身体で俺よりも先輩だ」

「ンナォ」

猫は一声鳴くと、さあ聞けと言わんばかりにこちらまで歩み寄ってくる。

そっと鼻先を猫に近づけると、託された伝言が我に流れてきた。

なるほど……ミレイユらしい良い言葉だ。

『この伝言はリーシャがミレイユの夢を叶えた時に聞かせてやってほしい』

猫から聞き取った言葉をシュラウドへと伝える。

彼は我の言葉を最後まで聞いてから、頷いた。

「必ず伝えよう」

黒猫もそれを肯定するように小さく鳴く。その姿に思いもしなかった熱が胸にこみ上げた。

ミレイユ……君は、リーシャがいつか人と繋がり、夢を必ず叶えてくれると信じていたのだろう。

だから、我も君の娘を信じる。

不安のない世界が実現することを今度こそ、心から願おう。

そう思った時、我の瞳から涙が伝い、リーシャに落ちていくのを見届けた。

龍は世界を維持するため、生命を絶やさぬように生きている。

だからこそ、世界のために生命を再構築する力も持っている。それが我の瞳から流れる雫だ。

涙が落ちると、リーシャの傷がみるみるうちに癒えていく。それを見届けてシュラウドとリーシャに背を向けて翼を広げて飛び立つ。再び魔獣を止めるために。

すまなかったリーシャよ、幸せに生きて、ミレイユの美しき夢を叶えてくれ。

今度こそずっと……信じている。

◆◇◆

薄い意識の中、お母様が私を抱きしめていることが分かった。これは……夢だろうか？

『銀龍さんはね、素直じゃないけど本当は優しい心を持っているの。それを……あなたと、あなたを想ってくれる人が思い出させてくれたみたいね』

何を……言っているの？　お母様。

『言った通り、銀龍さんが助けてくれるよ、リーシャ。ほら、目を覚まして』

私を抱きしめながら、背を叩くお母様は記憶と変わらない温もりを持っていた。

『ほら、起きなさい。あなたには一緒に幸せにならないといけない人がいるんだから』

お母様が微笑みながら私の髪の毛をゆっくりと撫でた。

『私の夢を背負ってくれてありがとう。リーシャ』

酷く眠たく、上手く言葉が出てこない。

ただ、私を送り出そうとするお母様に、私は首を横に振った。

「お母様……違います」

『え？』

「お母様だけでもなく、私だけでもなく、皆で……お母様の夢を支えるのです」

そう言うと、お母様は一瞬目を見開いてからふわりと笑ったようだった。

『そうね、貴方の言う通り、私の夢を支えてくれる皆に……感謝しないとね』

呟くお母様は、そっと私の頬を撫でる。

『本当に、ありがとう。リーシャ』

その言葉と一緒に、お母様ではない誰かが私を呼んでいるのが聞こえた。

『さぁ、呼ばれているわよ。帰るべき人の元へ帰りなさい』

声が聞こえるたびに、身体がだんだんと軽くなっていく。

やがて、熱い何かが私の頬を伝って、落ちていった。

それが何かも分からないまま、お母様が髪をすく手がゆっくりと遠ざかっていくのを感じた。

『どうか、幸せに生きて』

呟くお母様の声を聞きながら、私は瞼を開いた。


大好きな彼の姿が見える。

もう見ることは叶わないと思っていた彼が、確かに目の前にいた。

「な、なんで……シュラウド……わ、私」

死んだのではなかったの？　魔獣は⁉　辺境伯領はどうなったの⁉

そう言おうとした私に、彼は微笑んでそっと唇にキスを落とした。その温かさは確かに触れた記憶のあるもので、幻なんかではないようだ。

「君のおかげで、銀龍は魔獣を退かせてくれた。もう大丈夫だ」

「シュラウド……」

確かに身体の傷はなくなっている。周囲と空を見上げても、銀龍は居ない。

ただ、身体の傷が癒えただけではなく、何か温かいものが私の胸に宿っているのを感じる。

困惑してシュラウドを見上げると彼は何が起きたかを説明してくれた。

「銀龍は君の命をもう一度、この世に戻してくれた。そして……謝罪と共に、再び夢を信じていると言い残して去った」

「銀龍が……」

お母様の言っていた通り、本当に銀龍が助けてくれたのだと分かって、涙がこぼれる。そんな私を掻き抱いて、シュラウドが微笑んだ。

「改めておかえり、リーシャ」

「ただいま……シュラウド」

ぐしゃぐしゃな顔では恥ずかしいのに、彼は私の薬指にはまった指輪を撫で、ボロボロとこぼれる私の涙を愛おしそうに拭ってくれる。

「もう二度と離れたくない、だからここでもう一度言わせてほしい。俺と結婚してほしい。君を手放さない……だから今度こそ、君も俺から離れないと誓ってくれ」

あぁ……やっぱりあなたはずるい。謝罪すら禁じて、愛を伝えてくれて。

私が言いたかったのに先に言っちゃうんだもの。答えなんて考えるまでもなく決まっている。

「私も二度とシュラウドから離れない。ずっと隣にいたい……それが私にとっての一番の幸せです。

「約束通り……私と一緒に幸せになってください」

彼からの答えの声はなかった。

ただ、強く抱きしめられ、唇を重ね合う。

首元へ回された手で私の髪を撫でて、優しい口付けをくれる。

それで充分すぎる返事だった。

「ニャーン」

下を見るとクロがシュラウドの足元で鳴いていた。

「クロ……ただいま」

私の呟きに答えるように、クロが大きく鳴いて飛び上がる。

ふと視線を向ければシュラウドの後ろには馬がついてきていた。その馬の背中には気絶したケインズ殿下と、マディソンが座り黙って俯《うつむ》いていた。

マディソンは会話もしたくなさそうに、何処《どこ》か遠くへ視線を向けている。

今は彼女を問い詰める時間ではないと、私も彼も分かっていた。

銀龍のおかげで魔獣は退いたとシュラウドが言っていたけれど、それだけで終わった訳ではない。

防壁に押し寄せていた魔獣の波を思い出して、ぐっと奥歯を噛みしめる。

「帰りましょう。私達の居場所へ」

「あぁ……皆が待っている」

国家と銀龍を巻き込んだ悪事は終わりを告げる。

長い悪夢はようやく消えた。

西に傾いた陽の光を背中に受けながら、私達は帰るべき場所へと向かった。

◆◇◆

ユリの花が咲く時期でよかった。

簡易的な墓石に一輪ずつユリの花を手向けながら、頬を撫でる冷たい風に何処《どこ》か寂しさを覚える。

魔獣の襲撃と銀龍との遭遇から十日が経った。

見渡すと広がっているのは簡易に作られた墓標の数々だ。

しっかりとした慰霊碑を建てるまでは、もう少しだけここで我慢してもらうことになる。

ごめんなさいと心の中で謝り、再び私はユリの花を手向けていく。

名前の書かれた墓石の下には戻らない命が眠っている。

あの日、辺境伯領の防壁が魔獣によって破られることはなかったが、犠牲は少なくなかった。

私たちが帰りつくと、仮に建てられた医療テントからは人が溢れていて、まるで私が来た時のような有様だった。

既に助けられない状態の人も何人もいた。

そこから必死に駆け回ったけれど、作っても作ってもポーションの数が足りず、助けられない命を泣いて見送るしか出来なかった。

でも、誰も私を咎めず、マディソンにすぐベッドを用意してくれすらした。何故ケインズ殿下とマディソンが生きているか聞くこともせず、誰も彼もが怒りを呑み込んで対応してくれたのだ。

やり場のない罪悪感に襲われ、助けられる全員の治療が終わってからはひたすらポーションの製作に取り組み、誰とも顔を合わせないように過ごしていた。

そして、簡易的な墓が出来てからは、こうして早朝に花を供える日々が続いている。

けれど不思議と辺境伯領には以前と変わらない賑わいがあった。その理由が私にはまだ分かっていない。

そうして作業をしばらく続けていた時だった。

「リーシャちゃん？　今ここにいるよな？」

振り返ると、バッカスさんがニコリと口元に笑みを浮かべて立っていた。

彼は左右の肩を他の兵士の方に支えられながら立っている。

理由は瞼に巻かれた包帯が原因だ。彼は魔獣に受けた傷のせいでもう光を感じることは出来ない。

二度と……永遠にだ。

私は自分の存在を伝えるように彼の肩に触れた。

「バッカスさん、出歩くなら声をかけてくださされば……」

「いや、こいつらが支えてくれるから大丈夫だ。ようやく会えてよかったよ」

こいつら、と言ってバッカスさんが指したのは、かつて近衛騎士として辺境伯領にやってきて兵士となった方達だ。彼らは一様に暗い表情で俯《うつむ》きながらバッカスさんを支えている。

その表情が見えているわけではないだろうに、バッカスさんはわずかに笑みを浮かべて言った。

「こいつら、落ち込んでいるだろう？　あの日から飽きもせずにずっと暗いままだぜ。リーシャちゃんもだけどな」

いつものように明るい声で言われても、私は唇を噛むことしかできない。

兵士たちも同じように、拳を握り締めた。

「だって……バッカスさんが俺たちを庇ったばかりに傷を……」

「先輩が庇うのは当たり前だ。俺だってそうしてもらった、お前らに返しただけだ」

バッカスさんはそう言ってから、ふと私の方に顔を向けた。

「そうやって悩まれてばっかじゃ困るからな。辺境伯領の伝統を教えに来たんだ」

「伝統……ですか？」

バッカスさんはニヤリと歯を見せながら頷き、指で頬を引き上げた。

「こんな時は笑う。それが辺境伯領の生き方だ」

「……でも、そんな気分には」

「亡くなった奴らも俺も、誰も後悔なんてしていない。国を守って家族を守れたことが俺達の誇りだからだ。それをずっと悲しんでいたら、必死に守った意味がなくなっちまう。俺達は皆が笑えるこの場所を失いたくないから戦っていたんだぜ？」

いつの間にかバッカスさんの包帯には涙が滲んでいる。

それでも、包帯から溢れる涙を気にせずに彼の口元には微笑みが浮かんでいた。

「笑って送ってやってくれ……それが辺境伯領での手向けの作法だ。泣いていたら、あいつらが安心して逝けないだろ？　笑ってやってくれ。ごめんじゃなく、ありがとうで送ってくれ」

涙の交じったその声に、私と兵士たちは顔を上げた。

そうか……辺境伯領が賑わっているのは決して居なくなった人たちを悼《いた》んでいないわけではない。

皆が悲しくても、誇りを胸に亡くなった者を安心させようと明るく振る舞っていた。

崩れそうな程に悲しい気持ちを抑えて、笑っていたのだ。

バッカスさんの言う通り、暗い顔では失礼だ。

「ありがとうございます。私も笑って……彼らにありがとうって、伝えようと思います」

私は精一杯の笑みでユリの花を手向ける。

バッカスさんを支えていた二人も大粒の涙を流しながら口元だけは笑みを浮かべた。

私たちが顔を上げたのが空気の揺れで分かったのか、バッカスさんが再び微笑む。

「見えなくても分かるよ。いい笑顔だ……あいつらもきっと安心しているさ」

失った命は戻らない、それが自然の摂理だ。

それを知っている彼らだからこそ、別れとの付き合い方に折り合いをつけている。

ふわりと再び頬を撫でた風が、今度は温かく感じるのは気のせいではないだろう。

その時、私の名を呼ぶ声が聞こえた。

視線を向けると、エリーゼさんが手を振って呼んでいる。

バッカスさん達にお礼を言いながらそちらへと駆けていく。

「エリーゼさん、どうかしましたか？　まさか容態の悪くなった人が……」

「いや、大丈夫だよ。リーシャちゃんが追加で作ってくれたポーションも残ってる。伝えたいのは別のことだけど……その前に」

エリーゼさんは笑って、私の頬をムニュムニュとつまむ。

「な……なにふるんでふか⁉」

「辺境伯領らしい笑顔だね。私が教えようと思ったけどバッカスに先を越されたみたいだ」

パッと手を離したエリーゼさんは私の背中を叩く。

「シュラウド様が呼んでいたよ。行ってきな」

「シュラウドが？　わ、分かりました」

慌てて駆け出すと、再び声がかかった。

「リーシャ、バタバタしていて伝え忘れたけど……おかえり‼」

変わらず明るいエリーゼさんに背中を押してもらい、私も同じく明るい笑顔で返す。

「ただいまです‼」と。


走って、シュラウドの元へと向かう。

辺境伯領に帰ってきた翌日から、彼とは会えていなかった。

辺境伯として、帰還後のシュラウドは亡くなった方の家族へ挨拶に回っていたのだ。

息を切らせてシュラウドの元にたどり着くと、彼も疲れ切った様子だったがすぐにこちらを見て笑みを浮かべてくれた。

「シュラウド、お待たせしました」

「大丈夫だ、リーシャ。呼んだのはマディソンが今日、王国へ移送されるからだ。君の望み通り、最後に話す機会を設けたが……本当に会うのか？」

その言葉に私は頷いた。

「マディソンには伝えないといけないことがあります。そして教えなければなりません……自分がしてしまった罪の重さも」

「分かった」

「では、行ってきます」

彼と別れ、私は彼女が寝ている場所へと向かった。

マディソンとケインズは罪人という立場のため、医療テントではなく別の建物に隔離されている。

兵士たちによって厳重に監視されている部屋の前で、大きく深呼吸をした。

心を落ち着かせてから扉を開く。

すると寝台に寝かされているマディソンの姿があった。

寝台で寝ていた彼女は私を見るなり、目をぎらつかせた。

「何しに来たのよ、私の命を救って恩人にでもなったつもり？」

「マディソン……」

「違う……笑いに来たのね。聖女でもなくなった哀れで無様な私を笑いに来たのね!!」

いつも通りの被害妄想に、ぐっと唇を噛みしめる。

「そんなことをしに来た訳じゃない」

「ならなんだっていうの？　謝ってほしいのかしら？　私たちのせいで辺境伯領がぐちゃぐちゃになったみたいだけどいい気味よ。お姉様にだけは絶対に謝らないわ!!」

落ち着いて返事を、と思ったけれど無理だった。

溢れる怒りが私を突き動かし、生まれて初めてマディソンの頬を平手で叩いた。

大きな音が部屋に響き、マディソンは驚きで目を見開く。

「な、何よ……お姉様が私にそんなことをしていいわけ？」

再び、力を込めてマディソンの頬を叩く。手のひらが痛くなっても、力を緩めなかった。

「い、痛い……何よ、何がしたいのよ」

「痛いと感じることは生きている証だって、あなたは知らないといけない」

「は!?　何を言っているのよ」

「もう痛みも感じることができない人が大勢いるのよ」

頬から自然と涙がこぼれていく、今だけは笑うことはない。

「死ねば……もう誰にも会えないわ、マディソン」

泣きながら、私は初めて妹を責める。本当は、私に勇気さえあればずっと前にできていたはずのことだ。私は、彼女に姉として教えねばならない。彼女が背負うべき責任を。

「わ、私は知らないわよ、ケインズたちを責めなさいよ」

身体を震わせて必死に言い訳の言葉を探す彼女に首を振る。

「あなたは止められたはずよ。違う？　聖女としてのあなたは、私なんかよりずっと人々の信頼を集めていた。ただ偽って、彼らの言うことを聞くのではなく、他の方法だってできたはず」

私がそう言った瞬間、マディソンは恐ろしい表情になってこちらを睨んだ。

「そんなわけないじゃない！　お母様に選ばれて、なんでもできるお姉様には分からないわよ‼　選ばれて愛されていたお姉様に勝つために嘘の聖女になるしかなかったの‼」

その言葉にようやくマディソンの本心を見たような気がした。

そして改めて父……ライオスが言っていたことを思い出す。

『――私の言うことだけを聞くように、「お前は母に愛されておらず、選ばれていない」「お前は特別にならねばずっと姉の下だ」と言い聞かせ、聖女への執着を強めた』

ずっと、マディソンは私を嫌っていると思っていた。その理由なんて考えもせずに私は俯《うつむ》いてばかりだった。

でも蓋を開けてみれば、身近な悪意こそが私たちを分断していたのだ。

「あなたは間違っています。お母様はいつだってマディソンを愛していました」

「嘘よ……お姉様だけにポーションを託したのは私を愛していなかったからでしょう？　お姉様だけがお母様の夢を任されていたって、知ってるんだから！」

幼い頃に戻ったように、マディソンが叫ぶ。

もはやその姿を痛ましい思いで見つめながら、私は彼女の手を握った。

「お母様が私に託したのは、あなたのことなのよ……」

「な……何を言っているの？」

お母様が生前に語っていた言葉を思い出す。

ポーションで皆が安心できる世界よりも、大切な夢があると言った言葉。

――もっと大切な夢があるの。

お母様は幼き私の頬を撫でながら言った。

「私がお母様から託された夢は……ポーションによって安心できる世界で、私たちが平和に暮らすことです。お母様はいつだって私とマディソン、二人の幸せを願っていました」

こぼれる涙が止まらなかった。

マディソン、あなたは……

「思い出して。父に言われた言葉だけじゃなくて、あなた自身の記憶を……。あなたを抱きしめていたお母様の笑顔は偽物だった？　病に侵されながらも手を繋いでマディソンの行きたい所に付き合ってくれたお母様が愛してなかったとどうして思えるの？　お母様はずっと!!　ずっとあなたを想って、愛していた!!」

悔しくてたまらない。

お母様はずっと、ずっと……あれだけ夢中にポーションを研究している時でさえ、庭でマディソンが遊んでいれば必ず一緒に遊んでいた。

持病で残り短い命と知っていたからこそ、幼いマディソンと思い出を増やそうとしていたのに。

私の言葉に、マディソンが唇を震わせる。握り締めた彼女の手は冷えきっていた。

「嘘よ……信じないわよ。じゃあ、お母様が私にポーションを託してくれなかったのはどうしてなのよ!!」

「あなたは……お母様に似ておてんばだったからよ。まだ幼いあなたにポーションの実験は危険すぎたの」

「そんな……信じない、信じない……信じられない」

「私はあなたが嫌いだし、あなたにされた行いを忘れないわ。それでもあなたを銀龍の前で助けたのは、お母様が愛していたあなたを私の手で殺したくなかったから」

お母様にあなたが愛されていたことだけは信じてほしい。

その一心でマディソンを見つめると、彼女の瞳から一筋の涙がこぼれ落ちた。そして何かが決壊したように涙は後から後からボロボロと流れていく。

「そんな、じゃあ……じゃあ私が今までしてきたことって――」

聖女を偽り、王子殿下の婚約者となったこと。偽りのポーションで民衆を騙したこと。辺境伯領の人たちを傷つけたこと。マディソンは、自分がしてしまったことを今ようやく正しく理解したのだろう。

私のせいに出来なくなれば、間接的とはいえ大勢の命を奪うきっかけになったことや、これまで大勢の人々を騙していたこと、今までの全てが、彼女に突き刺さる。

それはとても辛《つら》くて、残酷な程に彼女を苦しめるだろう。

それでも、抱えて生きていかなければならない。

もう、過去は変えることは出来ないのだから。

「ご、ごめんなさい……ごめんなさいお姉様。許して、許してよぉ」

懇願するマディソンへと私は改めて怒りの叫びを上げる。

「償いなさい!! 背負って生きていくしかないのよ……もう過去は変えられない、罪はなくならない。いくら謝っても、笑って生きていくはずだった人達と家族の笑顔は戻ってこない!!」

私はライオスとマディソンに十年を奪われた。

背中に傷を刻まれ、感情も出せなくなるほどに追い込まれて死にたいと思うほどに苦しんだ。

でも、何よりも許せないのはマディソンがお母様を信じてあげられなかったこと……そして、思い込みで多くの命を間接的に奪ったことだ。

「ごめんなさい!! ごめんなさい!! お母様、お姉様……私が間違ってた!!」

もはや罪を謝罪することでしか心を保てないのかもしれない。

壊れた人形のように許しを請う姿に少しだけ辛《つら》い気持ちになる。けれど、簡単に許されてはいけない事を彼女は犯したのだ。

「罪を自覚して生きていきなさい。死ぬことなんて許さないから」

「ひ！ ひぐ、ひぐ」

止まることがない涙を流すマディソンへかける言葉はもうない。

姉としてマディソンと会うのは、きっとこれで最後だ。

部屋から出るために扉を開き、振り返らずに呟く。

「さようなら……マディソン」

「お姉様……お姉様ぁ!!」

泣いて、私を呼ぶ声を背に扉を閉める。

「お姉様!!　お姉様!!　ごめんなさい!!　ごめんなさ――」

閉じた扉からもう声は漏れ出すことはなかった。

訪れた静寂の中で静かに涙を流して歩き出す。

さようなら、マディソン……お母様の愛した、妹よ。

あなたがしてしまった罪を自覚して生きていきなさい。

そして、お母様があなたを愛していたことだけは忘れないでほしい。

そう思いながらも、私が歩を止めることはなかった。


その後、ケインズとマディソンはレーウィン王国からの使いに引き渡された。

ケインズは王位継承権を失い、国外での強制労働を科されることになった。

民衆から奪ってしまった金銭の返済ができれば解放されると聞いたが、きっと人生を全てかけて働いても難しいだろう。ライオスもケインズと同様の処罰となる。

裁判で減刑を懇願していたらしいが、シュラウドの証言によって過去の虐待が明かされた結果、減刑されることはなく、事実上の無期限労働となった。

そして、国王が病に倒れて以後、ケインズ殿下の手に落ちてしまっていた王家近衛騎士団は解散となった。

そして、マディソンは詐欺の罪により、地下牢で過ごすことになる。

ケインズやライオスと同等の罰を求める者が多くいたが、十六歳の女性ではできる労働が限られていることと、本人が悔恨《かいこん》の意思を示していることを加味し、三十年の禁固刑を命じられた。

マディソンはそれを黙って受け入れ、暗い地下の牢獄でただ一人過ごすことになった。

第八章　ずっとあなたと一緒に

事件から、一年の月日が流れた。

辺境伯領を襲った深い傷は、いまだに辺境伯領に住む人々の心に刻まれている。

しかし生き残った者達はたくましく、復興へ向かう日々を過ごした。

私も薬師として寝る間を惜しんでポーションの作製を続け、思い返せばあっという間に感じる一年を過ごした。

そして今、私は純白のウェディングドレスに身を包み、鏡に映った背中へ視線を向けている。

「もう……残ってないよね」

シュラウドの話では、銀龍は私の命を再構築してくれた。

身体に刻まれた傷、そして毒に侵された身体を全て治してくれたのだ。

私を苦しめた身体の傷は銀龍が消してくれて、心の傷はシュラウドが癒してくれた。

「本当に……幸せにしてくれたね。シュラウド」

約束通りだ。もう充分すぎる程に幸せなのに、これ以上の幸せが待っていることに鼓動が高鳴る。

ほう、と息を吐き出した時、コンコンと部屋の扉がノックされる。

「リーシャ……入っていいか？」

「は、はい！」

迎えに来てくれた彼の声に、心臓の高鳴りを抑えるように深呼吸してから答える。

扉が開き、純白のフロックコートに身を包んだ彼が私を見て口を開く。

「ど、どうでしょう？　似合いますか？」

無言で見つめてくる彼に赤面しながら、耐えきれずに問いかけると、彼は私の頬を撫でて微笑んだ。

「綺麗だ。誰にも見せたくない程に」

「な……何言っているんですか！　式で皆さんも待っているから、行きましょう？」

「後少しだけ、見ていてもいいか？」

シュラウドの視線が恥ずかしくて顔を逸らせば、頬にキスが落とされる。私は火照った顔を押さえながら、彼の服の裾を掴んだ。

「これ以上、照れさせないでください」

「すまない。……それじゃあ、行こうか」

差し出された手に指を絡め、寄り添って部屋を出た。

「綺麗……」

準備のための屋敷を出て、目を見開く。

太陽が式場までの道のりを照らし、光の道を作り出していた。

その中、「ナーン」と鳴いて足元へ歩いてきたのはクロだった。

いつも連れ添ってくれたこの子と共に式場へと向かうことを私が頼んだのだ。

「クロも一緒に行こうね」

そう言うと、クロは小さく鳴いて私とシュラウドの後をついてくる。

二人と一匹で式場へと向かいながら、私は初めてシュラウドと手を繋いだ日を思い出していた。

思い返せばシュラウドを意識したのはあの頃だ。

勇気を出して私の手を握ってくれた彼のおかげで、今の私がいる。

初めて会った日からずっと、彼は幸せへと導いてくれている。

「ありがとうね。シュラウド……私、幸せです」

「覚悟しておけ……俺はもっと君を幸せにするからな」

「ふふ……私も負けませんよ」

笑いながら式場の前まで辿り着くと両開きの扉が開かれ、祝福の声が耳を通っていく。

辺境伯領の方々や、わざわざやってきてくれた国王陛下が拍手と共に祝福を送ってくれる。

「リーシャ……本当に綺麗だよ。おめでとう!!」

私を娘のようだと言ってくれたエリーゼさんは目元をハンカチで拭い、涙声で祝ってくれる。

バッカスさんも、いつもと変わらない笑顔を浮かべて「見えなくても綺麗だって分かるぜ」と軽口を叩いて、兵士達と歓声を上げげた。

国王陛下も割れんばかりの拍手で私達を迎えてくれる。

一歩進むごとに感謝と嬉しさで満たされていく。

もう傷ついていた心はここにはない。

歩を進めていき、司祭の前に立つと薬指にはまった翡翠《ひすい》の指輪が輝いて見えた。

それを見て、私は今日……シュラウドと結婚するのだとじんわりと実感する。

「私を選んでくれてありがとうございます」

こぼれた言葉に彼はニコリと笑みを浮かべ、私の手を引く。

唇へと落とされた誓いのキスに割れんばかりの拍手が起こった。

心から幸せだと感じたその日に、私とシュラウドは晴れて夫婦となった。

そして結婚して初めての夜が訪れる。


少しだけ緊張しながら寝台へ座ると、同じく寝台に腰かけたシュラウドがふと話を切り出した。

「初めて会った時のことを覚えているか？」

「……覚えていますよ。マディソンを試すために無茶しましたね。もうあんな無茶は私が許しませんから」

あの時は、聖女と名乗っていたマディソンを試すために、シュラウドは自らの手のひらを短剣で突き刺したのだ。今思い出しても無茶すぎる。

彼をジトリと睨むと、苦笑交じりに頭を下げてくる。

「分かっている、でもあの時に無茶したおかげで君と話せた」

「それは……そうですけど」

「その後も色々とあったな……」

「クロを隠れて撫でていたシュラウドの姿は、忘れません」

「あれは……。まぁ君になら知られてもいいが」

「他にも色々ありましたね、シュラウドが二人で話す時間を作ってくれたり……」

「君に恋心を知ってもらうのは苦労したよ」

思い出話に花が咲き、話が盛り上がる。

二人で初めて帰った日や手を繋いだ時のこと、お互いに好きだと伝え合った夜のこと。

話すうちに緊張は解けていき、私たちは自然とお互いの身体を寄せ合っていった。

本当に色々とあった。

だからこそ改めて実感できる、私はシュラウドを愛している。

そして、彼も私を愛してくれている。

合図なんてものはなく、自然と向き合って私たちは唇を重ねていた。

いつもよりも長いキスに、吐息が漏れ出てしまう。

そのうち、身体を寝台へと優しく倒されて、首筋にそっとキスを落とされた。

揺らめいていたロウソクの炎がふっと消されると、抱きしめてくれる彼の温もりが伝わってくる。

シュラウドと過ごす夜は、いつもよりも少しだけ長く甘い時間になった。


翌朝、私よりも早く起きた彼が額にキスを落とす。

「おはよう、リーシャ」

目覚めて早々に笑いかけられて、胸がぐっと熱くなった。

「おはようございます」

挨拶を返しながら抱きしめる。

これから先、ずっとこの幸せな時間が続いていくのだ。

「あなたと出会えてよかったです」

彼の胸に顔をうずめながら呟くと、髪を優しく撫でられて顔を上げる。

「これで終わりじゃないからな、リーシャにはもっと幸せになってもらう」

「ふふ、なんですか……それ」

彼は寝台から起き上がり、私を横抱きして持ち上げる。

「さぁ、お腹も減っているだろう。朝食にしよう」

既にルーカスさんが朝食の準備をしてくれているのだろう。

寝室の扉を開くと、ふわりと焼き立てのパンの香りがする。

甘いコーンスープと紅茶の湯気が立ち上がる茶器が見え、思わずお腹が鳴った。

「ニャーン」と朝の挨拶をくれるクロの頭を撫でながら食卓へとつく。

いつも通りの朝、変わったことは私とシュラウドが夫婦になったことだけ。

それだけでいつもの風景が色鮮やかになり、空が明るく見えた。

……私はこれからもずっとシュラウドの隣で生きていく。

薬師として……妻として。

ずっと。

エピローグ

「緊張する……」

胸の鼓動を抑えるように大きく深呼吸する。

こんなに緊張するのは初めてだ。

銀龍と出会ってから十年の月日が流れた。

あの日から私はポーションの製法をエリーゼさんや国王陛下が推薦した人材へと伝えることに注力した。月日と共にポーションの製法は広がっていき、国内ではかなり安定したポーションの供給が行われている。もちろん悪用しようとする者もいたけれど、そんな人たちはシュラウドや国王陛下によって制圧された。

それから、国内が安定してからは他国の聖女たちにも声をかけた。さらにたくさんの人々との対話を重ね、時間をかけながらもこの世界にポーションは確実に広がっていった。

辺境領に現れる魔獣も、今ではかなり数を減らしている。

不可能だと誰もが思っていたお母様の夢がここまでやってきたことに胸が震える。

そして、今私は王城の控室にいる。

これから私は、王城のバルコニーに出て、ポーションを薬学によって生み出した第一人者として国王陛下から勲章をいただくのだ。

そんなものは必要ないと言ったのだけれど、十年間をかけて説得され、ついに私は王宮の薬師としての称号まで得てしまうらしい。

ただ正直なところ、民衆の前で国王陛下から言葉をいただいた後が一番の悩みの種だ。

今から、私は集まった人々の前でスピーチをしなくてはならない。事前に用意されていた台本を覚えてきてはいるけれど、きちんと役目が果たせるか全く自信がなかった。

それに巷《ちまた》では私のことを女神だと信仰する人が増えてきたと聞く。それもまた荷が重い。私はただの人間で、特別な力があるわけじゃないのだから。

お母様の夢を叶えるために歩いてこられたのは私一人の力ではなく、支えてくれた皆の力だ。

だけど世間は全てを一括りにして私を称える。

……仕方がない。これもある意味では薬師としての役目かもしれない。

そう覚悟を決めていると、優しく背中を叩かれた。

「大丈夫か？」

私の顔を心配そうに覗き見るシュラウドへ首を縦に振る。

「あなたが来てくれたからもう大丈夫です。これもありますし」

薬指にはまった指輪を見せて、ニコリと笑う。

この指輪をはめた日から、どんな恐怖も乗り越えられる気がするのだ。

「なら、行こうか……君が託された夢を皆に伝えよう」

「はい!!」

手を握り、彼と共にバルコニーへと向かう。

広がっていく歓声や拍手にどきりとしたけれど、隣にシュラウドがいるのが見えると身体がふっと軽くなり、緊張が緩やかにほどけていく。

国王陛下の前で淑女の礼をすると、穏やかな表情の陛下に勲章を差し出された。たくさんの色の糸で編まれた勲章を胸につけると、また下の広場から歓声が上がる。

頬が熱くなるのを隠すように、また礼をすると歓声はさらに大きくなった。

「――おほん。それでは、この国にポーションをもたらした薬師、リーシャから話がある」

収まらない歓声に困って固まっていると、国王陛下が咳払いと共にそう言ってくれた。

今度こそ、広場が静まった。人々の視線が私を見つめているのを感じる。

その視線のまっすぐさに必死に台本の内容を思い出そうとするのはやめることにした。

私は一つ息を吸い込んで、ピンと背筋を伸ばす。

「皆様も知っているように私は薬学によってポーションを作製しました。しかしそれは母の夢を叶えるためというきっかけが始まりでした」

思い出すのはお母様の笑顔だ。

少しだけ懐かしく、痛ましく思いながら私は言葉を続ける。

「つまり、私は大した人間ではありません。大きな志があったわけではありません。別の道があれば、あっさりとそちらへと向かったでしょう。母はポーションを常人の手によって生み出すことが出来れば、世界は平和になると言っていましたが、私はそれすらも叶うはずがないと思っていました」

聞いてくれている人々は静かなままで、私の言葉だけが響き渡る。

「そんな私がこの場に立てているのは夫であるシュラウドや、辺境伯領の皆さんのおかげです。彼らが私の居場所になってくれたから……母の夢が着実に世界に広がっています。それでもここまでくるために犠牲もありました。この国を守るために亡くなった方々が多くいました」

思い浮かぶのは、辺境伯領で必死に駆け回っていた兵士の人たちの顔だ。

彼らがいなければ、きっと今日という日は訪れなかった。

「私は大きなことを成し遂げたとは思っていません。ただ人と繋がって、想いが紡がれてきたから、こうして母の夢が現実になろうとしている。後少しで母の夢見た世界が実現します」

決意した想いを告げる。

「だから……ワガママを言います。私も、この夢を皆さんに託して生きていこうと思います」

ざわめいた人々を、シュラウドが手を前にして制してくれる。

私を見る彼に頷きで返す。

「これからは母の夢を背負うのはやめて、自分の幸せを増やしていきたい。私がしたいこと、行きたい所、自分の時間を大切な人達と過ごしたいのです」

お母様、私はやり遂げたでしょうか？

ここで夢を手放すことに後悔なんてない。

だって、お母様が本当に望んでいたことは、夢見ていた世界で私やマディソンが生きること。

これからは私自身の幸せのために生きていきます。

「ワガママな私をお許しください。皆様に……お母様の夢を託します」

私を見る民衆は戸惑っていた。

当然だろう。これは本当に私のワガママだ。

国王陛下に認めてもらって、そのままそれらを投げ捨てようとしているのだから。

先ほどまで一生懸命私の話を聞いてくれていた人たちから、わずかにざわめきが漏れる。

でもその中で、一人の女の子が拍手をしながら私を呼んでくれているのが見えた。

「薬師様！」

その少女——ではなく隣の女性に見覚えがあって、目を見開く。

彼女はかつてマディソンへ、子供を救ってくれと懇願していた母親だった。

ではつまり、あの子は——

十年という年月を思い知るような光景に、思わず息を呑んだ。

あの時に薬師として助けたあの子が、私を送り出してくれている。

そして、女の子の拍手に続くようにぱらぱらと拍手の輪が広がっていく。

やがて、その拍手は大きなものになり、「任せてくれ」という大きな声援になった。その声に驚き、喜びながら、私は最後に彼らに向かって言う。

「最後に、母の夢を託されてくれた皆さん。笑えなかった私に居場所をくれて、支えてくれた、かけがえのない人たち。……地獄のような日々から救ってくれて、私を選んでくれたあなたへ」

辺境伯領の温かい人達や、私の夢を支えてくれた国王陛下。

そしてシュラウドに心の底からこの言葉を贈りたい。

「ありがとう。私は今、とても幸せです」

私を望んでくれたみんなにその一言を告げてお辞儀すると、再び割れんばかりの拍手が響き渡る。

これで彼らへと夢を託した。これから作り上げていくのは、私の夢だ。

ゆっくりと頭を上げて、外の広場に背を向けて控室まで戻る。

それから誰にも見えない場所で「ふぅ」と一息ついた。

心臓がバクバクだ……落ち着くためにも深呼吸していると愛しい声が聞こえて、思わず笑顔がこぼれた。

「お母様‼」

「母様‼」

「メアリー！　エドワード！　おいで！」

手を広げると、子供たちが飛び上がりながら私に抱きついてくる。

ぎゅっと抱きしめると、彼らも返してくれるように抱きしめ返してくれた。

銀龍によって身体が再構築され、私は完全に健康な身体へと生まれ変わった。

そのおかげで私とシュラウドの間には愛しい娘のメアリー、息子のエドワードが産まれた。

大好きな私の宝物たちだ。

「お母様！　すごくカッコよかった……だから僕がギュッとしてあげるね」

「メアリーも思ったよ！　お母さんには私がギュッするの」

取り合うように私に抱きつく二人をまとめて抱きしめる。

「ふふ、ありがとう……大好きな二人はお母さんがギュッとしちゃう～」

「メアリーはお母さんを幸せにしてあげるね」

「僕も！」

「二人がいれば充分すぎるぐらいに幸せだよ」

今ならお母様の夢もよく分かる。

ポーションで作った幸せな世界で彼らと過ごしていきたいと、私も思うのだから。

抱きしめ合ってニコニコと笑う私たちをシュラウドがさらに包み込んだ。

「父さんもお前達をまとめて抱きしめてやるぞ」

「お父さん」とメアリーが笑い、父に憧れているエドワードは目をキラキラとさせた。

「ごめんなさい、勝手なことを言ってしまって」

私が言ったことは台本には用意されていなかった、それでも伝えたかった言葉だ。

彼は「気にするな」と首を横に振る。

「君は充分すぎる程に夢に向かって歩んできた。俺達は最後の一歩を任されただけだ。きっとやり遂げるさ」

シュラウドはニコリと笑い、「だから……」と耳元で囁く。

「この夢の最後に、リーシャの母がクロに託した言葉を君に伝えておこう」

銀龍との経緯はシュラウドから聞いていた。

だがクロが託された言葉だけは、頑なに教えてくれなかったのだ。

お母様の夢を叶えた時に伝えると約束してもらってから早十年、待ち焦がれた時がやってきた。

シュラウドを見上げると、彼は優しい笑みを浮かべて私に告げた。

「笑って、愛されながら幸せに生きていきなさい。二人の幸せを祈っているよ……と」

言葉は短いものだったけれど、それだけで充分だ。

お母様らしい。お母様は最期まで、私たちの……姉妹の幸せを祈ってくれていたのだろう。

その想いは届いているはずだ。私と、そして、きっとあの子にも。

感傷に浸る私の手をシュラウドが握る。

「メアリーも‼」とメアリーが私の空いた手を掴んだ。

エドワードは迷ったようだけどシュラウドの空いた手をギュッと掴む。

笑いかけるシュラウドが子供達と手を引いて歩き出す。

「さぁ、帰ろうか……俺達の居場所へ」

「メアリー、帰ったらクロのご飯作ってあげる～」

「ぼ、僕も！」

一緒に帰りながら、私達はいつもの他愛のない会話をする。

エリーゼさんのお子さんが同じ医者になった話や、バッカスさんは目が見えないながらも教官として頑張っていること。私達の居場所は今も幸せが続いて広がっている。

辺境伯領に戻るための馬車に乗り、暫く走っていると子供達は二人とも私とシュラウドに抱きつきながらスヤスヤと寝てしまった。

そんな中、起こさぬようにシュラウドが私へと囁く。

「これからも俺は君を笑わせるし、愛していく……子供たちも一緒だ。君がしたいことを聞かせてくれるか？　リーシャ」

その言葉に返すことは、もう決めていた。

「私はあなたや子供たちと、この世界を見て回りたい。お母様が夢見た世界を皆で」

笑顔で答えた私に、彼は優しく口付けてくれる。

子供達もスヤスヤと眠りながら、私の手は離さなかった。

……私は幸せだ。

あの地獄の日々から、こんなに幸せに満たされる日々が待っているなんて思っていなかった。

自然とこぼれる笑みも、抱きしめてくれる子供たちの姿も、叶わないと諦めていた幸せだ。

実現したのは、愛してくれたあなたがいてくれたから。

私を救ってくれて、必要としてくれた……シュラウドへ。

これからもずっと……ずっと隣にいてください。

受け入れてくれた、あなたに願います。

辺境伯様。

私は、あなたをご所望です。

番外編　生きなさい

私――マディソン・クランリッヒが三十年の禁固刑を終えて渡されたのは、わずかな量のお金と小袋だった。

お金は一週間分程の食費にはなるかもしれないが、今更私には生きる意味なんてない。

だから、小袋の中身すら見ていない。

……クランリッヒ邸に残されたものだと言われたが興味はなかった。

牢屋から出る際、騎士達の視線がグサグサと刺さる。

「国を騙した大罪人だぜ」

「ち……出てきたのかよ」

投げかけられる言葉に怒りは感じない。

長い月日を牢の中で過ごしていたから、人から恨みの言葉を受けるのは久しぶりだ。

やっぱり慣れないものね。いや……慣れてはいけない。彼らの言葉は全部真実で、変えようのない現実なのだから。

暗い牢屋を出て、簡単な手続きを済ませた後に、三十年間連れ添った足首の鎖とも別れた。

こんなに……足って軽いものだったのね。

解放された足に、むしろ歩きにくさを感じて少しよろめく。

牢の外で見上げると、久々に浴びる太陽光は三十年前と変わらずに私を照らしていた。

牢の中ではロウソクの炎だけが灯りだったから、曇り空から少しだけ差している太陽の光にすら目を開けられない。

瞼の下まで真っ白な光に埋め尽くされたまま、私は歩き始めた。

……それから、何も考えることはなかった。行く当てもなければ、頼る先もなかったから、足の向くままに歩みを進める。

しばらく歩き続けていると、さっきまで雨が降っていたのか、地面に濁った水たまりを見つけた。

そこに映る自分へふと視線を向ける。

三十年前まで張りのあった肌はボロボロで、美しいと言われた顔はやせこけ、深いしわが刻まれている。

綺麗だった身なりはボロボロの衣服を身にまとうだけで、あまりにみすぼらしい。

顔を上げると、街の中は幸福そうな人で満ちていた。それもそうだろう。お姉様によって、ポーションが行き渡るようになったなら、誰しもが怪我をしても、病になっても怖いことはないのだ。

幸福そうな世界の中で、自分だけが惨《みじ》めだ。

自暴自棄になり、渡されたお金を道に投げ捨てる。

金貨が散らばって散乱すると、周囲の人間がぎょっとした表情になったが気にも留めずに歩いていく。

少しだけ清々とした気持ちになった。

もう、そんなものはいらない。

頼る者などいない、何も持っていないみすぼらしい私にもはや意味など残されていない。

それから私は当てもなく歩いた、ただ、ただ歩いた。

少しでもレーウィン王国から離れ、人を避けられそうな道を選ぶ。

誰も彼もが女神などとお姉様を称え、幸福そうな姿を見ていられなかったからだ。

誰も私を知らない場所へ行こう。そんな漠然とした考えで歩き続けた。

変わり果てた私の姿を見つける人間はいなかったけれど、もしも自分の罪を知る人間が現れたら今度こそ耐えられない。

かといって、自分から死を求めることもできず、私は何かに追い立てられるように歩き続けた。

こうしていたら、いつか死ねるかもしれない。

そんな受動的な願いだけが私の身体を突き動かす。

しかし、疲れで視界がかすんでも、喉が枯れて空腹さえ感じなくなったても私は生きていた。

……ままならない。いつになったら死ねるの？

もはや、何処《どこ》とも知れない村のはずれでそんなことを考えていると、一人の少女が泣いているのを見つけた。

「ぐすっ……ひぐ！　げほっ、げほ」

座り込む少女は泣きながら、時折苦しそうに呟き込む。その痛々しい姿に目を瞠《みは》った。

彼女は苦しそうに胸を押さえながら、目元を拭っている。

「ひっぐ……」

久しく見た誰かの泣き顔に少しだけ動揺したが、少し歩けば村はあるのだ。私には関係ない、と顔を背けて足を踏み出す。

放っておこう、私が何をしても無駄だ。

大体、私に何が出来るというの？　衣服も、お金も、美しさも、権威も全てを失ってしまった。

何も出来ないのだから、何かをしてあげる必要もない。

知らない……そう、関係ない。私は何も見ていない。それでいい。

俯《うつむ》いて何も言わずに通り過ぎようとしたのに、少女が呟いた言葉が耳に届いてしまった。

「お姉ちゃん……ごめんなさい」

何も知らない、私には関係ない……はずだったのに。

いつしか、私は少女の元へと向かい、声をかけていた。

「だ、大丈夫？」

驚くほどに喉はガラガラだった。

久々に出した声は自分の声ではないかのように、不自然な発音になっている。

そういえば、牢から出て初めて話しかけた相手だったことに気付く。長い時間のうちに話し方も忘れてしまったのだろう。

少女は私を見上げると、戸惑った様子になった。

「げほっ……げほ。だ、だれ？　ですか？」

「あ……そ、その気にしなくて、いいわ。何が、あったの？」

誰か、という問いには答えられず、喉が引きつる。

その代わりに問いかけると、少女はキョトンと首を傾げたが、そのうちぽつりぽつりと話し始めた。

「お姉ちゃんと喧嘩したの」

「……お姉ちゃんと？　どうして？」

しわがれた声にも、少女は怯えなかった。

私を見上げた少女は、数回咳き込んだ後に話をしてくれる。

「私、産まれた時から病気で、女神様の薬をもらったけど治らなかったの。臓器が手遅れだから、先も長くないって。でも、苦しくても、お姉ちゃんがいつも助けてくれたから平気だった……」

ポーションは秘薬といえど、万能ではない。

失った身体や、古い傷、治療が不可能な程に病魔が進行した臓器などは治せないのだ。

毒に蝕《むしば》まれ、私が付けてしまった傷で苦しんでいた姉と少女が重なって、心が痛む。

「だけど……気付いちゃったの。私が生きてるせいでお姉ちゃんが無理してるかもしれないって。げほっ！　この病気のせいでお姉ちゃんに迷惑しか、かけてない」

少女は再び涙をボロボロとこぼしながら、ぎゅっと手を握りしめる。

「だからお姉ちゃんに嫌われようと思って、悪口言ってきたの。そ……そうすれば、お姉ちゃんは私なんて気にせず、生きていけるって思った。でも、でも……嫌われるのは、やっぱり寂しいよ」

俯《うつむ》き、涙を流す彼女に掛ける言葉が見つからない。

姉に散々と迷惑をかけ、会うことすら出来ない私。

迷惑をかけたくないからと自分の意志で姉から離れたこの子。

正反対だけど……でも、何故か彼女の気持ちはよく分かる気がした。

「本当は……お姉ちゃんとずっと一緒にいたいのよね？」

「うん……」

質問のはずなのに、何故か私自身にも突き刺さる。

「お姉ちゃんが好き？」

「うん……大好きだよ」

「じゃあ……きっとあなたのお姉ちゃんは迷惑だなんて思っていないよ？」

「本当に？」

「うん……きっとね」

パッと顔を上げた少女に、出来るだけ優しく見えるように微笑む。

お姉様に愛されている。私はそんなはずない、だけどこの子は違うはずだ。

この子にはきっと愛してくれる姉がいる。

「きっと、今も、あなたのことを探してるよ」

そう言って、咳き込み、荒い呼吸をする彼女の胸に触れ、祈るように両手を当てた。

——困った時はね、銀龍さんに会いに行きなさい。あなたを助けてくれるから。

ふと、幼き頃にお母様に言われた言葉を思い出す。

忘れていたと思った過去の記憶に縋《すが》るように祈ってしまう。

銀龍は私なんて助けてくれないだろう。それでいい、私のことはどうだっていい。

でも……どうか、この子がこれ以上悩んだり苦しんだりしませんように。

そう思って、目を閉じた瞬間だった。

周囲がキラキラとした光に覆われて、淡い緑の光が女の子へと集まっていく。

——これは、なに？

そう思ったと同時に、光が弾ける。緑の光が眩しくきらめき、私と少女を包み込んだ。

眩しさに目を閉じ、恐る恐る開くと、触れていた少女の胸が落ち着いた呼吸に変わっている。

「「え？」」

少女と一緒に声を上げてしまう。少女は幾度か静かな呼吸をして、信じられないように目をまん丸くしている。それもそうだ、先程まで絶えることのなかった咳の兆候さえ感じられないのだから。

「……もしかして、聖女様？」

「いや、ち、違う……」

自分が何をしたのか分からず、ぎゅっと手を握りしめる。

紛れもなく今の光は、聖女の癒しの力だった。でも……手遅れになった臓器の再生など聖女の力を超えている。完全なポーション——姉が作り出した、聖女の力と同等のポーションでさえも治せなかったのだから。

何が……起こったの？

まるで自分ではない別の何かに力を与えられたような感覚が身体を満たしている。

同時に自嘲気味な笑いがこみ上げた。

皮肉ね。やり直しが出来ない私のような者に、人がやり直すキッカケとなる力が芽生えるなんて。

これから……死ぬ予定だった私のような人間に、こんな力が目覚めてなんの意味があるんだろう。

そう思って天を仰ぐと、下から何かに引っ張られた。

下を向くと小さな手が私の足をぎゅっと掴んでいる。

「ありがとう聖女様!!　こんなに落ち着いて息できるの、初めてだよ。お礼がしたいからついてきてよ!!」

「え……でも、私は」

私が生きていていいはずがない。お礼なんて言われていいはずがない。あれだけの罪を重ねたのだから。

断ろうとした手を少女が掴み、強く引かれてしまう。

思わず身体がよろめくと、牢屋で手渡されてからずっと懐に入れっぱなしだった小袋が転がり落ちた。

「ごめんなさい！　中身、大丈夫かな」

慌てた様子で少女が袋を拾い上げる。

別に何が入っていても、壊れていたとしても大丈夫よ、と言おうとして動きを止めた。

少女が袋からそっと取り出したそれには、あまりにも見覚えがあったからだ。

「それ、は……」

「壊れてないみたいだけど、どうかなあ……？　あとね、これも入ってたの！」

手渡されたそれと紙を見て、唖然とする。

慌てて紙を開くと、丁寧で几帳面な字が書かれていた。

自然と分かった……誰の文字なのか。

手の震えを必死になだめながら、記されている内容を読み込む。

そこには想像していた通りの送り主からの手紙があった。


あなたは好きに生きなさい。

お母様も、それを望んでいます。

もし本当に困ったことがあれば私の所へ。

温かいご飯を用意するわ。

姉妹なのだから、頼りなさい。

あなたの姉　リーシャ

「あ……あぁ……あぁぁ……」

ボロボロと流れ出した涙は止まらない。

お姉様はまだ、私のことを妹だと思っていてくれたの？

頬を伝い、落ちた雫が手紙を濡らしていく。

お姉様が許してくれたわけじゃないと、分かっている。

だけど……今でも私を妹として見ていてくれたことがこんなにも嬉しいなんて。

何よりも、こんな私が好きに生きていくことを……望んでくれただなんて。

それが何よりも嬉しくて、乾いた心が水を注がれたように満たされていく。

「聖女様……大丈夫？」

手紙を大切に抱いて、突然泣き出した私に驚いた様子の少女に向き直る。

何十年ぶりだろう、偽りの聖女を名乗っていた時とも違う。

こんなに素直な笑顔になれたのは。

「少しだけ……村のお世話になってもいいかな？　お腹がすいちゃった」

「っ!!　行こう！　こっちだよ！」

少女と共に村への道を歩いていく。

私は許されたなんて思っていない。

多くの人を騙していたことも、奪った命も、ずっと私が背負う十字架だ。

生きている間、後悔しない日々なんてないだろう。

それでも……

私は歩きながら、手紙と一緒に袋に入っていたものを髪につけた。

「ありがとう……お姉様」

翡翠《ひすい》の宝石が輝く髪留めは、私が最後にお姉様から奪ってしまったものだ。

取り返すことはできたはずなのに、お姉様にとっても大切なはずなのに、髪留めは私に託された。

きっと、私がねだった最後のものだから、と思うのは図々しいだろうか。

優しいお姉様がくれた本当に最後の贈り物。

死にたかった。早く死んで楽になりたいと思っていた。

だけど……それは間違っている。

逃げて最後を終えるぐらいなら、最後まで罪を背負って生きていこう。

お姉様が実現したお母様の夢。

もしも、さっき少女に使うことが出来た力が他の人にも使えるというなら、足りない部分をこの力で補おう。今度こそ、私がお姉様のために夢を支えよう。

私もお姉様の優しさを、繋いでいきたいから。

決意と共に少女と歩き出した瞬間、心地よい風が吹いて私と少女を包み込んだ。

空を見ると、銀色の光が大空に一筋の線を作り出している。

煌めくその銀光は……光輝く太陽の傍で小さく、けれど美しく私を照らす。

今までの私は、恥と後悔だらけの日々だった。

きっと長くも生きていられないだろう、それでも死ぬ場所を探すのはやめだ。

これからは……お姉様のためにこの力で救える人を探して生きていこう。

リーシャお姉様の妹として恥じない生き方を、今更だけど……しようと思う。

そして、いつか私が多くの人を救って、本当の意味で聖女になれたとしたら……、お姉様は私が困っていなくても会ってくれるだろうか。

いや、会えても会えなくてもどっちでもいい。きっと、この生き方に後悔はしない。

ごめんなさいお母様、信じることができなくて。

ごめんなさいお姉様、ダメな妹で。

でも願わくは……また家族として、いつか。

◆◇◆

レーウィン王国では女神が生まれたと語り継がれている。

女神、リーシャは母に託された夢を叶えるために薬学によってポーションを作り出し、多くの人々を死という不安から救い出した。

ポーションは着実に世界へ広がり、魔獣がこの世から消えたのは女神の功績だと言われる。

しかし、ある者は言う。

女神の夢を支えた聖女がいると……しかし聖女の存在を知る者は少ない。

実際に救われた者の話は残っているが、存在が知られていないのは、聖女の名前すら分からないためだ。彼女は救った者達がいくらお礼をしようとしても全て断り、その日を生きていける食物だけを望んだという。

多くの人々は、名乗らず、正体も分からないような聖女の存在を信じないだろう。

だが……とあるおとぎ話だけはレーウィン王国に長く語り継がれることになる。

ある日、女神は聖女を招き、二人はささやかだが幸せな時間を過ごしたという話。

これはおとぎ話だろうか？　それとも——

この作品に対する皆様のご意見・ご感想をお待ちしております。

おハガキ・お手紙は以下の宛先にお送りください。

【宛先】

〒150-6008 東京都渋谷区恵比寿4-20-3 恵比寿ｶﾞｰﾃﾞﾝﾌﾟﾚｲｽﾀﾜｰ 8F
（株）アルファポリス　書籍感想係

メールフォームでのご意見・ご感想は右のＱＲコードから、
あるいは以下のワードで検索をかけてください。

アルファポリス　書籍の感想　検索

ご感想はこちらから

本書は、「アルファポリス」（https://www.alphapolis.co.jp/）に掲載されていたものを、
改稿、加筆のうえ、書籍化したものです。

辺境伯様《へんきょうはくさま》は聖女《せいじょ》の妹《いもうと》ではなく薬師《くすし》の私《わたし》をご所望《しょもう》です
なか

2023年 7月 5日初版発行

編集－古屋日菜子・森 順子
編集長－倉持真理
発行者－梶本雄介
発行所－株式会社アルファポリス
〒150-6008 東京都渋谷区恵比寿4-20-3 恵比寿ｶﾞｰﾃﾞﾝﾌﾟﾚｲｽﾀﾜｰ8F
TEL 03-6277-1601（営業） 03-6277-1602（編集）
URL https://www.alphapolis.co.jp/
発売元－株式会社星雲社（共同出版社・流通責任出版社）
〒112-0005 東京都文京区水道1-3-30
TEL 03-3868-3275
装丁・本文イラスト－眠介
装丁デザイン－AFTERGLOW
（レーベルフォーマットデザイン―ansyyqdesign）
印刷－図書印刷株式会社

価格はカバーに表示されてあります。

落丁乱丁の場合はアルファポリスまでご連絡ください。

送料は小社負担でお取り替えします。


ISBN978-4-434-32209-9 C0093